U0565778

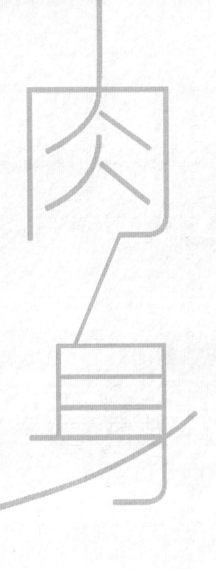

李西闽 著

山西出版传媒集团
山西人民出版社

图书在版编目（CIP）数据

　　肉身／李西闽著. — 太原：山西人民出版社，
2018.10
　　ISBN 978-7-203-10449-0

　　Ⅰ.①肉…　Ⅱ.①李…　Ⅲ.①散文—中国—当代
Ⅳ.①I267

　　中国版本图书馆CIP数据核字（2018）第113585号

肉身

| 著　　者：李西闽 |
| 责任编辑：郝文霞 |
| 复　　审：傅晓红 |
| 终　　审：梁晋华 |
| 装帧设计：陈　婷 |

出　版　者：山西出版传媒集团·山西人民出版社
地　　　址：太原市建设南路21号
邮　　　编：030012
发行营销：0351-4922220　4955996　4956039　4922127（传真）
天猫官网：http://sxrmcbs.tmall.com　电话：0351-4922159
E－mail：sxskcb@163.com　　发行部
　　　　　sxskcb@126.com　　总编室
网　　　址：www.sxskcb.com
经　销　者：山西出版传媒集团·山西人民出版社
承　印　厂：山西臣功印刷包装有限公司
开　　　本：787mm×1092mm　1/32
印　　　张：9.5
字　　　数：180千字
印　　　数：1-6000册
版　　　次：2018年10月　第1版
印　　　次：2018年10月　第1次印刷
书　　　号：ISBN 978-7-203-10449-0
定　　　价：49.00元

如有印装质量问题请与本社联系调换

序：从故乡抵达万种离愁

　　我们总是说，每个人都有一个回不去的故乡。这既有时间之河的阻隔，又暗含空间演变造成的疏离与陌生化，因而每个人都会拥有对乡土、乡情的常态回眸。但是，只有极少数人会由此升华至乡愁的美学。登高望远，使人心悲；隔河对望，令人怅惘，置身熟悉的故园，反而有一种熟悉到极致的陌生感。但高悬在故乡上空的月亮，恰到好处地消除了悲观的丝缕，只剩下一种银白色的追忆。几乎可以认定，乡愁就是我们对故土难以消泯的挂念。

　　但是，作家李西闽的情况又有些不同。我一直认为他有两个故乡，一个在闽西，一个在四川龙门山银厂沟。他的故乡闽西尚未遭到利润的大规模改造，他熟悉的地缘与遗构，仍然在沉默里打量行色匆匆的时代。这似乎并不是他一心想找寻的东西。因为曾经发生在此地的人与事，再也无法与李西闽相遇了……而经历汶川大地震的龙门山银厂沟，却是山河巨变。

在我心目中，一直也有两个李西闽。一个是写作虚构文本的李西闽，还有一个，是写非虚构作品的李西闽。前者吞云吐雾，呼啸而来；后者沉默而崛立，像一块内敛的石头。他既有左右互搏、单翅而飞的时候，又有双翼齐展把闽西地缘带往高处的本领。

很多读者是置身于"恐怖小说大王"这个名头之下，熟悉李西闽的。但这个来自商业主义轮转机的封号，放大了悬疑小说的氛围，遮蔽了李西闽固有的精神气质。在李西闽看来，"恐怖小说"并非耸人听闻，它的目的是唤醒人们对弱者的悲悯，激发每个人的责任意识以及对人类自身的关怀。他的《肉身》与其说是一部散文集，不如说是对"恐怖小说"的去魅，我们得以清晰地审视这个刚烈、血性、丰富、细腻的男子汉，得以明了故乡闽西那些妖氛弥漫的民俗传说、那些经常发出哭泣声的樟树、那些精怪的猎狗与蛇、那些神秘的桃花流水、那些令人血脉偾张的故人故事，是如何把那个叫"李希敏"的孩子，一点一滴驯化为"李西闽"的。

肉身指有形质之身，无形者称为法身。明心见性者，方能了悟法身就在肉身之上。如果以"针尖上的天使"形容李西闽还不够妥帖的话，那么他就是从锋刃上赤脚行走的大能者。在我看来，《肉身》是李西闽扣在生命桌边的底牌，他一直在等待那个时机，等待大限的到来。当一个人已经有足够的耐心、足够的耐力与荣辱沉浮达成和解之际，当生命逐渐成为没有观众的一幕演出时，他终于自己动手了，向天地摊开了底牌。谜底立即上浮，豁然之间，似乎又构成了一个新的谜面。

《肉身》有两个较为突出的特征。

与文坛标举的"文学散文"的不同之处在于，《肉身》没有拘泥于所谓散文的修辞造句。李西闽也许根本不屑于遵循散文的法度，那些娇揉造作的起承转合，那些华而不实的骈四俪六，他都不屑。他急于渴望指认的，是那些架构了他的经络、他的气血、他的敏锐与悲悯的来源，均静静躺卧于福建闽西的乡野。它们正在与山岳对望，与白云对弈，也与枯叶一同灰飞烟灭。《肉身》既是一部关于闽西的村庄史，更是一部个人成长史、人格嬗变史。李西闽写出了一种来自骨子里的疼痛。所以，问题不在于故乡是否可以抵达，恰在于抵达故乡深处，他俯身抓起的每一把泥土里，流出的血、发出的叫声……

另外，与《幸存者》一样，《肉身》展示了李西闽不俗的非虚构写作实力。非虚构写作成为一个实验文体，首先发轫于美国。后来非虚构写作逐渐在小说之外攻城略地，成为散文、报告文学、微观史写作、人物传记领域里的"他者"，振臂一呼应者云集。从向度而言，李敬泽认为这个时代的作家都需要有直面现实的非虚构精神。从事物细部来看，我以为这恰恰体现了非虚构写作不可或缺的犀利品质：从事物的细微之处、从以往被熟视无睹的角落、从宏大叙事遗漏的茫茫领地里，急需非虚构之犁去梳理这些血泪板结的土地。我们还可以说，非虚构写作不是主题叙事不是帝王叙事不是英雄叙事，它具有强烈的平民价值观，它总是剥除覆盖在平民身上的历史青苔，放他们到旷野里，还他们命定的应许，让他们的哭泣与咆哮成为土地上疯狂的野草，或寂寞山谷里静待春天的百合花。

无须拔高，无须捣糨糊，无须为尊者讳，呈现人与事的本真、呈现事情的真实脉络、呈现人的本来面目就是非虚构写作的旨归。

《肉身》里的人物，均是李西闽伸手可及的，是他的长辈、兄弟、朋友。他们的生老病死，他们的刚烈决绝，在李西闽平静、细腻的叙述里，渐渐复活，让我顿生"离愁万种，故乡一夜头飞雪"之叹。

在李西闽笔下，涉及汶川大地震的文章有两篇，《她去了天堂》讲述了一个摩顶接踵的现实主义圣徒，把自己全副身心的爱意撒播于人间大地的故事。在大地上，只有李西闽为年轻的姑娘吴丽莎留下了这弥足珍贵的文字造像。作为全书压轴的《风自由地穿过山谷》一文，释然了我一度对他渡过"劫波"之后的某种担忧，他吸吮了痛苦、绝望的汁液，从而获得了大光明。

李西闽就像一个竹篾匠，一根一根把笔下人物的骨头，编织成为人生之路上凸起的棱角，由此构成了他生命中最为结实、最为坚韧的部分。

李西闽所写的那个生活中的失败者——绰号叫大卵砣的堂叔，让我分外感怀。在《屡败屡战》的结尾，他写道：

去年春天，我回到家乡，一大清早，就被街上传来的声音吵醒。我听到有人在大声喊叫："卖粉干喽，卖粉干喽，上好的手工粉干，卖完了就没有喽——"这是我熟悉的声音，是堂叔大卵砣的声音。我从床上爬起来，推开窗户，朝楼下的街巷俯视，果然是他。他推着三轮车，沿街叫卖。我想喊他一声，可没有喊出来，看着他佝偻的背影，内心酸涩。年迈的大卵砣又回到了起点，他的人生画了一个圆圈，这年头，手工的东西又吃香起来，他个人的机器梦破灭，尽管这个世界在高速发展，传统的东西渐渐消失。他苍老了，大红鼻子却没有变化。他的内心有了许多变化，脾气却没有变。其实，他在我心中，是个牛人，尽管他在很多人眼里，是个笑话。

　　一个人，无论经历多少失败，却总是顽强地站起来，白发苍苍地站起来，佝偻着向前。这样的人其实没有失败。他来了，他看见，他归去。

　　一晃离开故乡三十多年，故乡的明月与大樟树，在李西闽的脑海里经常幻化为一条穿过草甸的野水，那是一条浮荡着藿香气味的小河，在深秋的夜空下缓缓流动。那些漂浮的水葫芦与芭茅草相互缠绕，时而传来鱼儿破水跃起的声音，逐渐替代了干燥的回忆而成为生机勃勃的高音部。似乎在说，离愁也很美丽，这恰是《肉身》带给我的惊喜。

　　2017年5月12日下午,李西闽、郭发财、卢一萍从龙门山银厂沟祭拜归来,与我在成都红星路喝酒。李西闽默默举杯,半晌才说:"汶川大地震那年我住的那家客栈的前前后后,均是山河巨变,现在已修筑起不少的木头房子,显然是旅游所用。这个客栈的位置基本保持了原来的地貌。当时我被埋的悬崖边的房子,就靠几根钢筋拉着,不然我就掉进七八十米深的悬崖下了。悬崖边,我还能看到一点建筑遗迹……悬崖下是白水河的一条支流,已被泥土填高了很多……一回头,我看到了美丽摇曳的黄花,蝴蝶飞舞。一只白蝴蝶一直跟着我,忽前忽后,它好像认识我。我回忆起九年前的窗前,也有很多翩翩飞舞的蝴蝶。我想这就是九年前的蝴蝶啊,它们一直在这里。等谁呢?是等候我回来吗?"

　　李西闽,这只闽西的蝴蝶,一直在四川龙门山低飞,等候。

蒋　蓝

2018年3月1日于成都

　　蒋蓝，诗人、散文家。中国作家协会散文委员会委员，四川省作协散文委员会主任。

Contents

目录

瘫　痪

　　岩锅是什么东西？岩锅不是什么器物，也不是一种锅，而是我爷爷的诨名，他的真实名字叫李增材。爷爷中等身材，长着一个奇怪而大的脑袋，前额暴突，后脑勺也很突出，侧面看他的头，就像是倒扣着的一口锅，无论从正面还是后面看，他的前额和后脑勺都像突出的岩石，他的诨名是不是因此而来，我没有考证过。我想，见过爷爷的人，都会记住他奇怪的大头，而忽略他的身体。

　　爷爷的身体在他年轻时被过分挥霍了，当我懂事时看到他时，他已经是秋天里的枯枝败叶。我想象不出他年轻时的强壮，尽管他的声音还是那么粗暴和狂野，但是，河田镇的人不会再惧怕他了，他完全丧失了攻击能力。我奶奶王太阳对爷爷讨厌到了骨子里,不仅因为爷爷那比屎还臭动辄发火的脾气,更要命的是,爷爷败家。一直以来,都是奶奶当家,她希望爷爷能够给家里带来收入,岂料爷爷非但没有交给奶奶钱财,还赔本。我们家人多,奶奶操持一大家子着实不易,她对爷爷是恨铁不成钢。

打我记事的时候起,爷爷就在镇街上的豆腐店里做豆腐。他的豆腐店开始属于公私合营的性质,每个月要给集体交一笔钱。可是,每月给集体交完钱,他自己就所剩无几了,原因是,他根本就不会经营,而且镇上的人会坑他。爷爷独自一人住在豆腐店里,他什么时候和我奶奶分床而睡,我不太清楚,反正从我有记忆的时候开始,他们就没有同过床。爷爷和奶奶早就没有了男女之间的那种欲望,他们在这方面,都没有绯闻。我妈妈经常说,爷爷是狗,奶奶是猫,他们一辈子都不和,可是一辈子都在一口锅里吃饭。爷爷和奶奶年轻时,都有一把气力,他们一起翻山越岭,去帮盐商挑盐。那是苦活。盐商从潮汕走水路,沿着韩江溯江而上,进入福建境内的汀江,到达汀州的码头,从码头上卸下盐包,盐商就雇人将盐挑到江西或邻县去卖。

爷爷给我讲过他和奶奶一起去当苦力挑盐的事情。他说从汀州的码头挑盐到宁化县，要走两百多里山路。挑担的苦，不是常人可以承受的。十多个人，每人挑着一百多斤重的盐巴，走上几里路就要放下盐担歇脚。挑夫里面，就我奶奶一个女人。歇脚的时候，她就将竹筒里的水给爷爷喝，如果竹筒里没有水了，她就要去找水，爷爷和那些挑夫们就坐在那里说话。那些挑夫都十分佩服我奶奶，说我爷爷不如我奶奶有力气。爷爷的脾气不好，听了他们的话，就暴跳如雷，不承认自己不如我奶奶，还骂他们。挑夫们习惯了爷爷的臭脾气，嘻嘻哈哈地笑，不再搭理他。奶奶灌好山泉水回来，见爷爷还在生气，也不晓得他生什么气，就骂道："没出息的东西，迟早会被自己气死。"大家又哈哈大笑起来。爷爷比奶奶小，他想和奶奶发火，又怕别人再笑话他，只好忍耐，只是在和奶奶单独相处的时候，朝奶奶吼叫，让她以后不要在别人面前说他的不是，让他没有脸面。奶奶冷笑着说："你看你那样子，还有什么脸面。你还真不如我这个妇道人家。做男人的应该是肚子里面能撑船，谁像你，心胸狭窄得容不下一根针。"听了她的话，爷爷无语。爷爷对我说，从汀州码头挑盐到宁化县，要走上四五天，草鞋要磨破三双，还没有走到一半路，脚底就磨出了水泡，晚上休息时，他和奶奶相互将脚底的水泡挑破，走完所有的道路，脚底都在流血。左右两边的肩膀也被扁担磨烂了，血和汗混杂在一起，粘在衣服上。

爷爷说他真的无法忍受挑盐的苦，要不是奶奶赶着他，他早就不干了。他学做豆腐，也是为了摆脱挑盐的苦。年轻时做豆腐，奶奶配合着他，他也不觉得那么辛苦，也有些钱赚。奶奶负责卖豆腐，豆腐和钱都不会被别人偷偷拿走。后来，成立合作社以后，公私合营了，事情就起了变化，爷爷辛辛苦苦做豆腐，总是分不到什么钱，有时候还折本。这让奶奶经常气得半死，骂爷爷是猪脑子。爷爷也气不过，就和奶奶吵，吵得很凶。吵得再凶，爷爷也不敢对奶奶动手，别看他吵架时凶相毕露，真要动起手来，未必是奶奶的对手。

爷爷每天凌晨四点，就起来做豆腐，做完豆腐，天已经大亮了。做豆腐辛苦，白天里，爷爷就特别嗜睡。有些人看他在豆腐摊前歪在椅子上打呼噜，嘴角还流着口水，就把豆腐偷偷拿走，根本就不给钱。就算有人发现，事后告诉爷爷，爷爷去找拿走豆腐的人，他们也不会承认。爷爷气得发抖，破口大骂，却无济于事，还给镇上的人平添了笑料。

　　更有甚者，即使爷爷醒着，他们也会坑爷爷。有个叫狗牯的无赖，经常跑到豆腐店里，对爷爷说："岩锅，不好了，你儿子七水被牛角顶了，肚子破了，肠子都流了一地。"爷爷大惊失色，慌乱地交代狗牯给他看店，自己匆忙而去。爷爷找到田野里劳作的叔叔，发现他安然无恙，才知道上当了。等他跑回豆腐店里，狗牯早跑了，小竹箩里卖豆腐的钱少了许多，那是被狗牯拿走了。一次、两次、三次……爷爷从不汲取教训，总是上当受骗。还有一些人，平常和爷爷称兄道弟，关键时候也坑爷爷。他们来买豆腐，装模作样地说没有带钱，就赊账，见爷爷不记账，他们就不会还钱了，因为爷爷永远记不清谁赊了账。在他那些狐朋狗友的眼里，爷爷就是个天大的糊涂蛋。

　　这些坑害过爷爷的人，还经常凑在一起，特别不要脸地嘲笑爷爷，有时被我奶奶听到，奶奶气得半死。很早之前，奶奶就要爷爷把豆腐店关了，爷爷就是不同意，爷爷和奶奶吵了个死去活来，奶奶无奈，也就随他去了。其实，尽管爷爷的豆腐店没有给家里带来什么收入，对他自己而言，却是一段最幸福的时光。爷爷做豆腐的手艺是全镇最好的，镇上的人都喜欢吃他做的豆腐，也有不少有良心的人，从来不会坑害爷爷，还真诚地夸赞他，这让他内心感到无比的满足。

爷爷疼爱我，只要我到豆腐店里，他总是会买糖给我吃，抱着我不放。我小时候是个特别爱干净的孩子，却可以接受爷爷的邋遢。爷爷在豆腐店里的卧房很小，狗窝一般，充满了浓郁的怪味，那怪味夹杂着烟草的味道和汗臭。如果在别的地方，我闻到这种怪味，我会捏住鼻子跑掉，可在爷爷这里，我接受了这种怪味。家里除了我和弟弟，其他人都起早贪黑地下田劳作，赚工分换口粮，因为爷爷的豆腐店是靠不住的。爷爷的衣物隔几天我妈才拿回家洗一次。从我五岁开始到我上学，我基本上和爷爷在一起，有时懒得回家，就会和爷爷一起睡。自从我和爷爷在一起，豆腐店有了起色，因为我会帮爷爷看店了。那些坑惯了爷爷的人心里就十分不爽，在背后骂我是一条看店狗。见我聪明能干，爷爷很开心，偶尔会给我开小灶，弄点好吃的东西给我吃，也就是炒个鸡蛋什么的，现在看来，也不算什么好东西。

困难时期，我渴望能够吃上一回肉。豆腐店小本生意，爷爷不可能给我吃大鱼大肉。终于有一天，生产队死了头耕牛，爷爷硬着头皮买了一块牛腩，说要炖给我吃。爷爷买回牛腩已经入夜了，那时我们已经吃过了晚饭。爷爷生了炉子，把牛腩放在锅里炖。爷爷满面笑容地告诉我，炖上几个钟头，就可以吃了。我和爷爷就坐在炉子前，等待。等待的过程中，爷爷给我讲故事，我却无心听他讲，边闻着锅里散发出来的肉香，边吞咽着口水。爷爷的喉结也不停地滑动，他也在不停地吞咽着口水。因为等待的时间太漫长了，我撑不住就睡着了。爷爷把我抱到床上，他自己守着炉子。我在睡梦中闻到一股焦煳味，醒了过来。我看见爷爷在炉子边靠着墙睡得死猪一般，那锅牛腩已经烧成了焦炭。我叫醒了爷爷，爷爷看着那锅焦炭，叫苦连天。焦炭是不能吃了，爷爷看着眼泪汪汪的我，说：“阿闽，等下次宰牛，我一定让你好好吃回牛肉。我买最好的牛肉，就不要炖这么久了。”爷爷让我继续去睡。我躺在床上，闭上眼睛，吞咽着口水。爷爷也上床了，我觉得他也在吞咽口水，他心里和我一样懊恼，好好一锅牛腩，怎么就烧成焦炭了。过了好大一会儿，爷爷以为我睡着了，悄悄地起床，拿起烧焦的牛腩，吃将起来。我听着他咀嚼的声音，心里十分难过，他还舍不得扔掉那锅烧焦的牛腩。

我再也没有吃上爷爷炖的牛肉。过了不久，爷爷双腿瘫痪了，豆腐店也关门了，爷爷陷入了万劫不复的黑暗之中。家境每况愈下，不要说吃牛肉了，连豆腐也没得吃了。在那些困苦的日子里，最难熬的是爷爷。因为不能走路，大人们都要劳作，没有人伺候他，他简直是生不如死。他经常想到屋外去看看，却无能为力。有时一直爬到家门口，大口地在阳光下喘气。有时一泡屎屙在裤裆里，自己没有办法换裤子，难受半天，时间长了，他的裆部都烂掉了。这不算什么，我叔叔还经常咒骂他，希望他早死。奶奶也无奈，她在爷爷瘫痪后，对他好了许多，但是不能因为爷爷，放弃生产队的劳动，否则就没有饭吃。只有我在放学后，回家伺候爷爷。我不会嫌弃爷爷，我给爷爷换衣服，擦身体。

爷爷瘫痪后，豆腐店没有了，店面还给了人家，他也就搬回老屋里住了。我们家房间少，叔叔结婚后，更不够住了，根本就没有爷爷的房间。奶奶想了个办法，在横屋的一个供我们家使用的小厅里，用竹席隔开了一个只能放下一张床的小间，让瘫痪的爷爷有了个容身之处。为了更好地照顾爷爷，父亲让我和爷爷一起住。爷爷的脾气更坏了，碰到什么事情，都大喊大叫，可是，无论他如何大喊大叫，都没有人理会。只要他发脾气（比如因为一点小事情咆哮我母亲，母亲是个童养媳，从小就听他咆哮，都已习惯了，根本就不理他），我就会对爷爷说："爷爷，你不要再发脾气了，好吗？你再这样无缘无故发脾气，就真的没有人理你了。"爷爷从来没有对我发过脾气，对我真的是好，大家都觉得奇怪，他对谁都横眉怒目，为什么只对我好。听了我的话，他叹口气说："我生不如死啊。还不如死了算了，死了就不会发脾气了。"我扶着浑身颤抖的他，心里也不好受，命运对爷爷真是不公平。

瘫痪了的爷爷，真的是让所有人讨厌。行动不便的他，经常被人欺负。有天下午，我放学回家，发现爷爷不在家里，就跑到外面去找他。在大门口的坪地里，爷爷躺在地上，几个小孩子围着他，用石子扔他，像是在玩弄一只猴子。爷爷站不起来，躺在地上，朝他们破口大骂，气得脸色铁青。那时的爷爷可怜极了，一股热血冲上我的脑门，我大叫着将那些孩子赶走。我扶起了爷爷，他看到我，眼泪汪汪地说："阿闽，我真的生不如死啊。"我含着泪说："爷爷，回家吧。"我背起他，他的身体已经很轻了，我觉得他在我背上，突然会变成一片鸡毛，无声无息地被微风吹走。我有很多次梦见他失踪了，找遍了河田镇的所有地方，都找不到他。

　　有天晚上，奶奶将父亲和叔叔叫到了爷爷床边。我和爷爷都还没有睡，他总是会在睡前给我讲些往事，讲他年轻的时候如何如何厉害，我晓得他从来没有厉害过，他只是通过那些讲述，在找一种平衡，这样他才能够活下去。不过，每次他给我讲年轻时的事情，讲着讲着就睡着了，他的故事总是有开头，没有结尾。第二天想让他的故事继续下去，他又忘了头天晚上讲的是什么了。奶奶和父亲，还有叔叔的到来，让爷爷觉得很奇怪，他的生活里只剩下我，仿佛和其他人一丁点关系都没有。他对他们说："你们来干什么？是不是觉得我是个累赘，要将我活埋。你们挖好坟坑了吗？如果挖好了，就把我抬上山埋了吧，我早就不想活了。"奶奶说："不要总说这样的话，没有人想听。我把你的两个儿子叫来，是想和你商量一件事情。"爷爷听说奶奶要找他商量事情，深陷的眼珠子有了亮光，觉得自己被重视了。爷爷缓和了口气："什么事情要和我商量？"奶奶叹了口气："你要一直这样平和地说话多好。你一辈子就坏在一张臭嘴巴上。这些天我一直在想，我们一家人，越活越难，总得想点办法。我想让他们和你学做豆腐。教会他们做豆腐，我们偷偷地做，偷偷地卖，也能够换些钱，日子可能会好过些，也可以减轻点我的担子。那么多嘴巴要吃饭，需要用钱的地方很多，我都快撑不下去了。"爷爷真的被重视了，他马上表态，同意教两个儿子学做豆腐。父亲和叔叔都很用心地学做豆腐，父亲对做豆腐似乎有特殊的悟性，后来继承了爷爷的衣钵，成了我们镇上最好的豆腐匠人，而叔叔就差远了，最终放弃了这门手艺。教会父亲和叔叔做豆腐，是爷爷为我们这个家庭做的最后的贡献。

奶奶总是数落爷爷嘴巴馋，其实那时候，根本就没有什么东西吃，不要说爷爷，就是我也嘴巴馋，渴望有肉吃，哪怕是一点猪油渣，也可以解馋。我经常在半夜被一泡尿憋醒，可以听到爷爷咂吧嘴的声音，他一定是在梦中吃什么好吃的，或许他根本就没有睡着，在想着什么好吃的东西。爷爷有次对我说："阿闽，好想吃白斩鸡呀，要是有只白斩鸡吃，那是多么快活的事情。不要一只整鸡，就是有块鸡肉吃，我死也瞑目了。"我真想弄只鸡，让他美美地吃上一顿。问题是，到哪里去弄鸡呀？鸡在那个年代，是多么珍贵的东西。我瞄上了李天生家的那只老公鸡，几次想将它偷偷地捉回来，都没有得逞。怪异的是，那只老公鸡不久被黄鼠狼拖走了，李天生气得差点吐血，从那以后，他对黄鼠狼恨之入骨，只要一有空闲，就带着他儿子去捉黄鼠狼。他经常说，黄鼠狼的屁是真臭。

相比于黄鼠狼的臭屁，猪油渣是人间最香的东西。爷爷也这么认为，吃白斩鸡是种奢望，吃点猪油渣还是可以实现的。有天中午，爷爷和我都闻到了猪油渣的香味。爷爷的口水都流下来了，鼻子不停地抽动。他对我说："阿闽，你去看看，谁家在炼猪油。"我晓得他的心思，于是挨家挨户去打探。原来是我的水桂堂叔家买了点肥猪肉，在炼猪油。我走进他家厨房，对他老婆说："婶婶，能给我一点猪油渣吗？"她看了看我，吞咽了口口水说："我自己都舍不得吃。"我央求道："婶婶，就给我一点，好吗？"她叹了口气，给了我一点猪油渣。我拿着那一小块猪油渣，飞快地跑到爷爷跟前，递给他："爷爷，猪油渣，还烫着呢，快吃。"爷爷眼睛里发出亮光，伸出颤抖的手，接过猪油渣，放在嘴巴里，慢慢地咀嚼，闭上眼睛，陶醉地说："真香啊。"他苍白的脸上，似乎有了些红润。我也馋死了，看着他陶醉的样子，我拼命地咽着口水，肚子里的馋虫在乱窜，真想再去讨一小块猪油渣给自己吃，但没有脸面再去了。

那是一个春天的早晨，爷爷离开尘世。天蒙蒙亮的时候，我就醒了，看着爷爷瘦得只剩下一层皮的脸和他那硕大的脑袋。天上飘着细雨，屋檐上的雨水有节奏地滴落。每一滴雨水，都敲击在我的心上，落寞而又凄凉。我想问他，为什么大家会叫他岩锅，我还没来得及问，就听到屋顶上死鬼鸟的叫声。爷爷突然睁开眼，叫唤了我一声，伸出干枯的手，在我脸上摸了一下，然后就大口地喘气。他想和我说什么，却什么也说不出来。我知道他要说什么，是不是想要告诉我，他多么希望完整地吃上一只鸡，而且是白斩鸡。他到死也没有实现这个愿望，我看见爷爷的眼中流下了泪水，然后停止了呼吸。他的眼睛一直没有闭上。爷爷死了，我没有哭，只是愣愣地注视着他。过了良久，我才跑到天井边，大声地喊叫："我爷爷死了，我爷爷死了——"我的喊叫声以及纷至沓来的脚步声，淹没了从屋檐落下的雨滴声。

第一个大声哀哭的是我奶奶，她用粗糙的手，抹上了爷爷的眼睛。然后，她号啕大哭，边哭边喊："你怎么说走就走了哇，我的心肝哥，天远路长啊，心肝哥——"在奶奶的带动下，哀哭声连成了一片。父亲在哭，叔叔在哭，母亲在哭，婶婶在哭，家族里的女人们也在哭……爷爷活着的时候，他们都那么讨厌他，都嫌弃他，没有人理他，仿佛他是灾祸，为什么他死了，他们会如此悲恸，如此哀哭？我想不明白，一直也想不明白，因为我看不出他们的哀哭是虚假的，每个人都哭得情真意切，好像怕我看出破绽。我没有哭，我只是愣愣地看着这一切，心里下着冰凉的雨。

他们给爷爷换上了寿衣，其实他没有上寿，六十岁才到寿，他才五十八岁，算是短命死的。穿着寿衣的爷爷被放在老屋大厅一角的门板上。父亲和叔叔从上厅的楼上搬下来一副棺材，放在下厅。那是一副没有油漆的棺材——两年前就为爷爷准备好的棺材，他们早料到爷爷会早死，是不是也期待他死去，我不得而知。他们早就商量过，要给这副棺材油漆，结果一直没有做这件事情，现在爷爷真的死了，才找油漆匠来给棺材刷上浓黑的漆，那浓黑的漆，就像是漫长的黑夜。故乡的人，对于丧事，还是很看重的。尽管是在20世纪70年代初期，爷爷的丧事还是办得很隆重。爷爷的尸体在门板上停留了三天才入殓。我看着他的尸体在哀哭声中，被装进棺材，然后盖上棺材板，沉重地钉上，每敲击一下铁钉，我的心就会震动一下。

出殡的那天，发生了件很不愉快的事情。奶奶让人扎了些纸屋、纸人和纸马，准备在爷爷安葬后，放在他的坟前烧掉。没有想到，那天早上，公社工作队队长带了一伙人闯进了老屋，说准备那些纸扎的东西是搞封建迷信，要坚决制止。他们不管我家人和族人的愤怒，强行将那些纸扎的东西拿到院子里，当即焚烧掉了。烧完后，工作队队长带人扬长而去。当时李哑哥拿着砍柴刀要和他们拼命，被我奶奶拦住了。奶奶说："算了，在哪里烧都一样，他都能够收到。"

出殡时，我和亲人们一起，披麻戴孝。我姑姑和我走在一起。爷爷从死的时候到出殡，我都没有流一滴泪水。姑姑见我不哭，她十分生气，打了我一巴掌，说："你爷爷平常对你最好了，他死了，你怎么不哭？"我真的哭不出来，谁说我，谁打我，我都哭不出来，我心里却一直在落雨，冰冷的雨。出殡之后的那个晚上，家里安排了丧宴，请亲戚朋友和左邻右舍吃白饭。他们热热闹闹地吃菜喝酒，虽然没有什么好吃的东西，都是粗物，地瓜粉、粉干什么的，他们还是吃得津津有味。厅堂里的热闹和我无关，我什么也没有吃，也不觉得肚子饿，悄悄地离开了家，来到汀江边上，坐在草丛中，望着江水迟缓地流动，听着水流的声音，泪水突然滚落。我抽泣着，越哭声音越大，直到号啕大哭。我的哭声在四野八极飘荡，我不晓得爷爷听到了没有。不知道哭了多久，有个人坐在我旁边，搂住了我。那是我奶奶，她抚摸着我的头，哽咽地说："阿闽，你是个孝顺的孩子，你爷爷这些年，多亏了你的照料，他在天有灵，会护佑你的。"我说："奶奶，爷爷没有死，没有死。"奶奶说："他真的走了，再也不会回来了。"她要我接受爷爷去世的现实，可我的内心在拼命抵触。

很长一段时间，我都会梦见爷爷，梦见他给我讲年轻时候的事情，梦见我给他擦身体，给他换上干净的衣服。梦中的他是那么真实，我可以感受到他的温度，甚至他说话时喷出的口水，我都可以真切地感觉到，落在我脸上，有些冰凉。我没有觉得他死了，我想，他只是像往常一样睡着了。等他醒来，无论如何，我要让他吃上一整只白斩鸡，否则爷爷死不瞑目。

随风飘逝

　　堂叔几年前因食道癌去世，父亲竟然几个月后才告诉我，他忽略了我和他的感情，父亲要是第一时间通知他的死讯，我会赶回去给堂叔送葬。堂叔孤身一人，死后草草火化，没有葬礼，一座孤坟沉默于山野，证明此人曾在尘世走过一遭。那年回到故乡，我去了堂叔的坟前，点了香烛，烧了很多纸钱，知道他爱喝酒，还将一瓶好酒洒在了坟墓上面。我不晓得他能不能收到那些纸钱，也不知道他是否喝到了酒。山野的风飘来荡去，将纸钱的灰吹得四处飘飞，像是堂叔的魂魄，怎么也捉不住。

　　堂叔没有像样的名字，因为他是聋哑人，大家都叫他哑哥，他户口簿上的姓名就是李哑哥。他听不见声音，也不会说话，只能用手势和别人交流。虽然聋哑，他那双眼睛却能洞察一切，心里像明镜一样，谁也不要想骗他，谁也不要想占他半点便宜，除非他心甘情愿。

　　他和父亲同年出生，1939年是他们苦难岁月的开始。父亲常在我面前感叹命运，说哑哥的父亲如果不去卖壮丁，哑哥一生或许不会那么苦。所有的假设都于事无补，被命运这根绳索捆住，谁都无法挣扎。哑哥的父亲干的是卖壮丁的营生，那年头兵荒马乱，国民党的队伍老是来征兵，每次征兵，小镇上的成年男子会躲到山里去，或者藏起来。哑哥的父亲不躲，反而替人去当兵，他可以从中拿到几块银圆，到了队伍上，领完第一个月军饷后，就伺机逃跑，久而久之，他有了经验，放心大胆地去卖壮丁了。每次卖壮丁不出一个月，他就可以安全地回家。

　　我爷爷对我讲过他的故事，说他卖壮丁也是将脑袋掖在裤带上，随时都有可能送命，好几次都差点被捉回去，当作逃兵枪毙。他亲口告诉过我爷爷，有一次要不是躲进茅坑里，就被抓住了。那时，队伍住在一个小镇上，夜深人静时，轮到他站哨。查哨的军官走后，他就萌生了逃跑的念头。他这次到队伍里已经两个月了，一切都伪装得很好，军官们见他做事情卖力，一副热爱党国、热爱军队的模样，根本就摸不透他的心思，怎么也想不到他会逃跑。队伍驻扎在一座破败的大宅院里，他觉得所有的官兵都睡死了，正是逃跑的好时机，这些天也探好了逃跑的路径。他将步枪放在门口，悄无声息地溜进一条小巷子，朝镇子外面走去。他没想到，队伍还设了个暗哨，那个暗哨就在镇子外面的草丛里。暗哨发现一个黑影从镇子里走出来，然后摸上了山，他大喝一声："口令。"李哑哥的父亲吓了一跳，也顾不得回暗哨的口令，撒腿就跑。暗哨朝他开了枪，枪声划破了沉寂的夜空，大宅子里的军官被枪声惊醒，带着兵丁追出了镇子。李哑哥的父亲不顾一切地在山野狂奔。身后的追兵喊叫着，子弹也在呼啸。跑到一户山里人家旁边，他实在是跑不动了，两腿像绑了两块沉重的石头。眼看追兵要追上来，无路可逃。他看到了离那户人家十几米的地方有个茅厕，就躲了进去。茅厕根本就不是藏身之处，追兵只要进入茅厕，就可以发现他。他突然跳进了茅坑里，茅坑里的屎尿淹到了他的脖子上，臭不可闻，然而和生死相比较，这又算得了什么。很快地，他听到了杂乱的脚步声和喊叫声。有人走近了茅厕，他听到连长吩咐手下的兵丁："进茅厕里看看，会不会躲在里面。"那个兵丁举着火把，进入茅厕，什么都没有发现。他走出去对连长说："报告长官，茅厕里没有人。"连长带着兵丁朝山上一路搜索过去。那兵丁进入茅厕前，他缩下了身体，整个头没入了粪便之中。兵丁出去之后，他才将脑袋浮出了茅坑，他变成一个屎人。等他们走后，他从茅坑里爬起来，不管不顾从头到脚都是粪便，匆匆忙忙沿着另外一条山道亡命奔逃。

　　1948年秋天，他最后一次卖壮丁后，就再也没有回到过家乡。我爷爷说，他这次走前有些怪异，将哑哥领到我爷爷跟前，对我爷爷说："哑哥就交付给你了，如果我有个三长两短，你要照顾好他两子娘①。"李哑哥的母亲一直在哭，央求丈夫不要再走了。他还是十分硬气的样子："姑娘头脑，想得太狭窄，放心，我死不了，会回来的。况且，钱都拿了，不去怎么能行？得人钱财，为人消灾，做人要讲信用。你好好带着哑哥，等着我回来。这是最后一回了，我归家后，就再不出去了，好好陪你到老。"我爷爷说，他走出门时，脚被门槛绊了一下，摔了一跤，脸都擦破了，渗着

---

　　① 两子娘：母子俩。

血。他从地上爬起来，头也不回地走了。哑哥一直在后面追赶他，他愣是没有回头看哑哥一眼。哑哥的母亲追上去，抱住了泪流满面的哑哥，冲着他的背影说："你一定要归家，我们等着你。"哑哥的父亲一走，就再也没有回来。两年后，哑哥的母亲得病死了，十来岁的哑哥就成了孤儿，叔伯兄弟们一直接济他，他才活下来，长大成人。

十五岁之前，哑哥轮流在家族里的各房吃饭。他是个极聪明又敏感的人，心里晓得谁对他是真好，谁是在敷衍他，甚至讨厌他。他喜欢在我们家和王毛婆婆家吃饭，因为我爷爷奶奶和王毛婆婆是真心对他好。他从小就开始干农活，是大人的好帮手。他主动要求，就在我们家吃饭，不到别人家吃饭，我爷爷答应了他。他在我们家吃饭，起初大家都同意。哑哥不会白吃我们家的饭，卖力地给我们家干活，还经常和我父亲上山去打柴。那时候，我父亲和哑哥是对形影不离的少年，谁要是欺负哑哥，我父亲不答应；我父亲被别人欺负，哑哥也会为他玩命，他们就像亲兄弟一样。哑哥在我们家吃了几个月的饭后，家族里有些人就传出了风言风语，说我爷爷霸占哑哥，是剥削哑哥的劳动力，把他当长工使唤。我爷爷就对哑哥比画，告诉他不能再长期在我们家吃饭了，别人会说闲话。哑哥十分气愤，到每家每户去比画，告诉他们，是他自己愿意长期在我们家吃饭的，让大家不要再说我爷爷了。那些人并没有因此停止风言风语，却传得更加厉害了。我爷爷在镇街上有家豆腐店，他是做豆腐的好手，每次有人来买豆腐，都会对他说，你要对哑哥好点，不要总是把他当牛当马，他父母都不在了，怪可怜的。我爷爷听了那些话，心里很不是滋味，还是让哑哥在叔伯兄弟家轮流吃饭。到了哑哥十五岁那年，他自立锅灶，自己开伙了，一个人吃饱，全家不饿，我爷爷也会经常接济他，逢年过节，都叫他一起吃饭。

父亲和我说过，哑哥去寻找过他父亲。哑哥的母亲死后不久，他像条野狗，在河田镇乱窜，人们看着这个可怜的小哑巴，都十分同情他。不久，他就失踪了。叔伯兄弟们找遍了小镇和周边的山野，都没有找到哑哥。父亲心里很难过，走到更远的地方去找他，差点迷失了回家的路。父亲没有找到哑哥，走了两天两夜才找回家。我爷爷以为我父亲也失踪了，正愁苦着脸，见他灰头土脸地回来，那张脸才舒展开来。父亲问他："哑哥回来了吗？"我爷爷摇了摇头，脸又愁苦起来，阴沉得可怕。三个月后的一天，父亲在汀江边的一棵柳树下，发现了哑哥。他衣衫褴褛，满脸乌黑，头发蓬乱，正惊恐地望着父亲。父亲十分惊喜，他竟然还活着。父亲比画着手势问他一些问题，他相信父亲，也比画着手势把事情的始末告诉了父亲。他是去寻找他父亲了，他走得很远，也没有找到，却因为饥饿，偷人家地里的地瓜，被打得遍体鳞伤，只好回来。从那以后，他再也没有离开过家乡。对于消失了的亲生父亲，他一直记挂着，希望有一天重新出现在眼前。有人说他父亲死了，也有人说他父亲去了台湾。他不相信自己的父亲死了，他更相信后一种说法。记得20世纪80年代初期，两岸可以通信后，他央求一个邻居，给台湾的亲人去信，让他们在台湾帮助寻找父亲。他们的确也在台湾努力找过，终究没有找到。再后来，陆陆续续有些当年去台湾的老兵回来，每回来一个人，他都要跑去找人家，问他父亲的消息，可还是一无所获。在失望和希望中，他总是选择希望，有人要是在他面前比画着告诉他父亲死了，他会暴跳如雷。我从童年开始，也和他一起期待着他父亲在某一天回到家乡，他也经常比画着告诉我，他父亲还在台湾。

我的童年时代，和哑哥是分不开的。在家族的众多孩子中，他对我最为疼爱。他长得壮实，满脸胡茬，力气也很大，经常抱着我，用粗硬的胡茬扎我的脸，扎完我的脸，就吃吃地笑。我们住在古老的大屋里，大屋里住着十几家人，我家卧房的另一边，是他的卧房，隔着一层杉木板，晚上他打呼噜的声音我可以听得见。我家人多，房间少，一间小小的卧房里放了两张床，一张是我父亲母亲的床，一张是我奶奶的床，通常，我都和奶奶睡一张床。

哑哥在我五岁那年，让我和他一起住，我们在一起住了三年多。他对我的确很好，给我买糖吃，带我到处去玩。他带我出去，总是背着我，不知道的人以为我是他儿子。和哑哥在一起的时光是快乐的，尽管那时节生活十分贫苦。记忆最清晰的是，在那些夏日的夜晚，哑哥将鱼篓绑在腰间，一手拿着抓黄鳝用的铁钳，一手提着铁丝编织的火兜，火兜里燃烧着松明火，到田野里的水圳边捉黄鳝。我提着小畚箕，小畚箕里装着斫成小片的松木，跟在他后面。田野上蛙声如潮，我可以闻到禾苗清甜的气息。哑哥手中的火兜放得很低，贴着水面缓缓地移动。只要看到露出头的黄鳝，他就示意我停住脚步，以免惊动了黄鳝，黄鳝要是缩回到洞里，就很难抓到了。我站在那里一动不动，屏住呼吸，看着哑哥俯下身，慢慢地将手中带齿的铁钳伸到水里，说时迟那时快，哑哥瞬间把黄鳝钳住，放进腰间的鱼篓子里。我笑着朝他伸出了大拇指，他也咧开嘴笑了，还伸出大拇指，夸耀自己。我记得他自信的模样，的确，他是抓黄鳝的好手。

只要和他去抓黄鳝，回来后，再晚，哑哥也要将黄鳝杀好，切成片，煮一锅鲜美的黄鳝粥。他先舀一碗都是鳝片的黄鳝粥给我吃，然后，舀了几碗黄鳝粥，给老人们送去，还会把我父亲也叫起来吃。那些有黄鳝粥吃的夜晚，是贫苦年月里的亮色。哑哥不仅仅是抓黄鳝的高手，还下河摸鱼，到池塘边钓青蛙，有时会摸到和钓到无毒的泥蛇，他用泥蛇吓我，见我惊声尖叫着跑开，他就咧开嘴大笑。他的笑声是喑哑的，我一直想，他要是像正常人那样可以笑出洪亮的声音，可以用语言和我交流，那该有多好，那只是我的幻想。

我和哑哥朝夕相伴的时光，被一个瞎眼女人破坏了。有一天，父亲告诉我，哑哥要结婚了，我不能再和他一起住了。我十分伤感，可是考虑到哑哥也是人，也应该有自己的家庭生活，关心他的人，都不希望他一直孤独下去。那是他人生中唯一一次短暂的婚姻，新娘是河对岸修坊村的一个瞎眼姑娘。

我奶奶带了几个女人，陪哑哥去相亲，我也跟着去了。

哑哥穿上了一件新衣服，是件新的军装，是我在部队当营长的桂生大伯回乡探亲时送给他的，他舍不得穿，那天却穿上了。他穿军装的样子很神气的，还刮了胡子，显得很是英俊，一路上拉着我的手，笑逐颜开。到了瞎眼姑娘家，人家对我们特别客气。我奶奶她们在和瞎眼姑娘家人谈事情之际，哑哥坐在板凳上，腰板挺得很直，眼睛却不停地往厢房瞟。厢房的房门关闭着，瞎眼姑娘就在里面。我和哑哥坐在一起，没有说话，观察着每个人的表情。奶奶告诉瞎眼姑娘家人哑哥的一些基本情况并不住地夸哑哥，说他虽然聋哑，人是很机灵的，有一身的气力，干活是把好手，还会缝补衣服，什么都难不倒他，瞎眼姑娘跟着他不会受苦。瞎眼姑娘的家人也不停地看着哑哥，从他们的表情来看，对哑哥十分满意。最后，双方达成了共识，哑哥和瞎眼姑娘的婚事没有什么问题，基本上可以定下来了。瞎眼姑娘的家人很是开通，声称不要哑哥的彩礼，只要他待她好，就可以了。但还是要哑哥和瞎眼姑娘同意，事情才真正地圆满。

瞎眼姑娘家让她开了门，她从房间里摸索着走出来。瞎眼姑娘脸很白，连眉毛都是白的，后来才知道那是白癜风，我看见她害怕。哑哥看见她，面无表情地站了起来，注视着她。大家都担心哑哥瞧不上她，都不说话，气氛有点紧张。瞎眼姑娘比哑哥年轻，二十多岁的样子。她站在那里，知道哑哥的存在，在此之前，她家人就说过哑哥，她有些羞涩，也有些紧张，家里人为她说了不少人家，都因为她的眼睛瞎而被拒绝。瞎眼姑娘不晓得哑哥是否会娶她，改变她的命运。在这个家里，她实在是待不下去了，她无疑是家里的累赘。哑哥盯着她看了好大一会儿，突然笑了。奶奶见他笑了，知道他满意，就比画着手势问他，哑哥不停地点头。这时，大家心里都松了口气，有说有笑。他们决定，请个先生，择个好日子，让瞎眼姑娘过门，和哑哥成亲。

哑哥像捡了个宝，新婚那段时间，哑哥眉开眼笑，仿佛变了个人，我却十分失落，因为他娶妻后顾不上我了。那段日子，也许是哑哥和瞎眼姑娘人生中最美好的时光，他们恩恩爱爱。哑哥成天喜形于色，尝到了女人滋味的他，对未来充满了美好的憧憬。奶奶说，瞎眼姑娘要是能给哑哥生个儿子，那就好了，他这一脉就可以延续下去了。哑哥也晓得这事情，也希望瞎眼姑娘给自己生个儿子，哪怕是女儿，也会让他无比感动。哑哥对瞎眼姑娘照顾得很好，将她当宝贝，什么事情都不让她干，洗衣服、做饭等等，所有的家务活都一个人包了。大家都说瞎眼姑娘有福气，碰到了能干又体贴的哑哥。每天晚上，吃完饭后，哑哥就到下街的温泉澡堂洗澡，自己洗完澡，就挑着两大桶温泉水回家，将温泉水倒在大木盆里，给瞎眼姑娘洗澡。我从门缝里偷看过哑哥给她洗澡。在昏暗的煤油灯下，哑哥房间里水汽弥漫，我看到一团白光，那是瞎眼姑娘的身体，后来，我再没有见过那样白洁发光的肉体。我母亲发现我偷看，揪着我的耳朵，骂道："你看什么看，看什么看，再看你的眼睛会长针眼的。"其实，我不是偷看瞎眼姑娘的身体，而是妒忌瞎眼姑娘，看哑哥到底如何对她好。

好景不长，那样的日子过了半年多，哑哥就把瞎眼姑娘送回娘家去了。我一直弄不清楚，为什么哑哥的变化会那么大，从把她当宝贝，到忍受不了她，将她休掉。一切都因瞎眼姑娘的好意而起。瞎眼姑娘体谅哑哥，觉得他要参加生产队的劳动，又要照顾家庭，十分辛苦，就想给他分担些家务。她学着做饭，想着在家做好饭等他回来就有饭吃，他一定会很开心的。没想到，她眼看不见，做饭还是有一定的难度，第一次做饭就烫伤了自己的手。哑哥回家，见她的手被烫伤，十分心痛，他又无法和她交流，她看不到他的手势，他听不到她的语言，只好叫个人当翻译。哑哥叫她以后再不要做饭了。瞎眼姑娘没有听他的话，在家也无聊，还是继续做饭。她总是不小心打破碗碟，最后一次是把锅碰翻，锅掉在地上裂开了一条无法弥补的缝。哑哥觉得没有办法过下去了，还不如自己一个人过日子省心，他们的婚姻就这样走到了尽头，无法弥补。最后一次瞎眼姑娘将锅弄坏，哑哥恢复了暴怒的本性，一怒之下就把她送回了娘家，谁劝都没有用，他还是继续过孤独的日子。瞎眼姑娘回来过三次，每次都被暴怒的哑哥送走，她每次都是哭着走的。很长一段时间，我耳边都会想起她凄凉的哭声。他们两个人，都是善良的人，怎么就不能生活在一起呢？她走后，我有些幸灾乐祸，到我长大成人后，我才为我当时的心态而羞愧，也为瞎眼姑娘难过。我不晓得她后来的日子如何过下去，想必会为那短暂的婚姻而哭泣吧，她是为哑哥而哭泣吧，也是为自己的命运而哭泣。

　　哑哥脾气火暴，在小镇上是出了名的，很多人都怕他，他暴怒起来六亲不认，会玩命。我知道他好几次玩过命，却不是为了他自己。其中一次，我记忆犹新。那是个圩天，哑哥带我到街上去玩。那年头，正抓投机倒把，街边一个老太太偷偷卖油炸灯盏糕，被市管会的人抓住了，给她套上了个纸糊的高帽子，上面写着"投机倒把分子"，然后拳打脚踢地抓着她去游街。老人被打倒在地，爬不起来，那些人硬把她拽起来，继续打骂。哑哥见状，火冒三丈，扑上去和市管会的人打了起来。那几个市管会的人也不是好惹的，一起攻击哑哥。哑哥打架真的勇猛，力气也很大，一个人斗他们几个人，居然没有落下风。他们一直从镇街上打到一口池塘边，哑哥尽管脸上被打出了血，身上也伤痕累累，还是把那几个人一个一个地扔进了池塘。哑哥被赶来的民兵抓住，五花大绑起来。哑哥被抓进去关了两个多月，在父亲和族人的帮助下，才被放出来，差点被送去劳改。那是我目睹哑哥最劲爆的一次打斗，对我影响深刻，我长大后经常路见不平，不顾一切出手，应该是受哑哥影响。

哑哥有个坏毛病，喜欢小偷小摸，特别是在春夏之交的饥馑时节，他总是会偷点东西，千方百计让自己活下去。一般情况下，他偷点食物，被抓住后，人家也会放他走，不和他计较，谁都清楚他光棍一条什么也不怕。有一次，我们家仓房里遭贼了，少了几斤米，那可是我们一大家子一个月的口粮！母亲就不停地咒骂，父亲让她别骂了，他知道米是哑哥偷的。一天晚上，我饿得前胸贴后背，十分难熬时，哑哥把我拉进他的房间，给我递上一碗稀粥，吃完后，我想问他，这粥是不是偷我家的米做的，我终究没有问出口。这让我想起父亲说过的一件事情，1960年饿死人的时候，田野上、山上所有能吃的野菜野草都被采光了，哑哥尝遍了树叶，用可以吃的树叶救了一大家子，他自己吃到一种有毒的树叶，差点被毒死。我想，父亲不追究哑哥偷米的事情，是有原因的。他也有被人打得半死的时候，父亲和叔叔把他抬回来，我守着鼻青脸肿奄奄一息的哑哥，用毛巾擦拭他脸上的血迹时，我分明看到他的眼中积满了泪水。

20世纪90年代中期之后，我们以前居住的大屋破败了，族人们纷纷搬出了大屋，在外面造了新房。哑哥没有造新房，他竟然搬到一户郑姓人家家里去住了。我有一次回乡探亲，发现不见了哑哥，我问父亲他到哪里去了。父亲告诉我，他搬到郑家去住了。我有些伤感，对父亲说："为什么不让他到我们家住？"父亲说："我和他说过，住到我们家来，对他也有个照应，毕竟他也年迈了。可是，他不答应，死活要去郑家。"我沉默了，哑哥做出这样的选择，一定有他的想法。我拿了一套新的军服，来到了郑家，准备将这套军服送给哑哥穿。来到郑家门口，我碰见了哑哥，他拉着一板车的沙子，浑身都是汗水。见到我，他很开心。我将军服给他，他收下了，笑得合不拢嘴，还朝我伸出了大拇指。我比画着问他，为什么要到郑家来住。他用手势回答我，意思是，郑家的人在帮他寻找失散多年的父亲。我眼睛潮湿，想告诉他，他的父亲已经很难找回来了，也许早就在异乡变成了孤魂野鬼。可是，我没有这样说，我不能用真话泼灭他心中的希望。

郑姓人家是镇上有名的富户，早些年靠他们在台湾的亲人拿钱回来做生意，发了财。据说，他们的亲人在台湾做过大官。哑哥去郑家，而且在郑家充当了以前长工的角色，不是为了一口饭吃和一点零花钱，而是为了让郑家在台湾的亲人替他寻找他的父亲。郑家人说，他们收留哑哥，是看他可怜。这一点，我父亲不同意，我们家也可以收留他，也可以为他养老送终，毕竟他是我们家族的人。郑家觉得哑哥还有点力气，可充当廉价的劳动力，不用发工资，只需管口饭、给点零花钱就行了。这就是郑家人的如意算盘。至于他们有没有让台湾的亲属替哑哥找父亲，谁也不知道。

哑哥在郑家干了几年活，也没有得到自己父亲的消息。

他得病后，就搬出了郑家。郑家人不会再要他这个癌症患者，他们对外人说，本来要哑哥继续住在家里，还要出钱给他治病的，结果哑哥仁义，不想连累他们，执意搬出他们家的。郑家的话可不可信，那是另外一回事情，但我的哑哥堂叔的确是个仁义之人，尽管有很多毛病。

　　得病后的哑哥变成了枯木，身上瘦得刮不下二两肉，眼睛深陷，没有一丝神采。家族的人凑了些钱，给他治病，在医院住了段时间，就回来了。父亲说，他最后的那段时光，郁郁寡欢，经常不吃不喝。有一次，我母亲给他炖了鸡汤，端给他吃，那碗鸡汤在他床边小桌子上放了一天，也没有喝一口。父亲问他为什么不吃，在想什么。他目光空洞，一动不动，根本就不理会父亲。父亲十分无奈，担忧他很快会死掉。

　　他终于没有熬过去，死神很快就将他带走了。父亲打电话告诉我他的死讯时，上海的天空中下着雨，雨是老天落的泪。我心里十分悲恸，我想，故乡的天空是不是也在落雨，也在为一个卑微得像野草一般的人落泪。老天爷应该有大悲悯，庇护苍生，可是很多人和事，都在落寞凄凉中死去，不会留下任何痕迹。多年后，尸骨变成尘泥，名字也会随风飘逝，没有人再记起他们。

哑哥在最后那几年投靠郑家，只有一个原因，那就是想让郑家的亲人把他父亲寻找回来，这是哑哥一生的夙愿，淳朴而让人心伤的夙愿。可是，他至死也没有等到他父亲回来。在漫长的岁月里，孤独的哑哥渴盼自己的父亲能在某个日子突然出现在他面前，像从前那样一次次卖壮丁后，侥幸逃回，哑哥终究没有如愿。他死前，也许还在盼望着父亲回来，还想着他最后一次离开家时，出门摔破的脸，那张流血的脸最终在哑哥眼中消失，连同他的生命和肉体，一起消失。

哑哥倾尽一生的悲凉等待让我心碎，我无法体味他的痛苦，无法体味他难以言说的命运。

相依为命

　　我们家族里，很少有人看得起李林火，因为他当过土匪。他几乎没有朋友，没有人和他亲近，大家都厌恶他，仿佛他是瘟疫。很少有人叫他的真实名字，人们都叫他大耳朵。他的耳朵长得比一般人大许多，按我奶奶的话说，耳朵大的人有福，他却一生坎坷。

　　父亲不止一次向我说起大耳朵年轻时的事情，父亲叙述的口吻，总是既有赞叹，又有惋惜。年轻时的大耳朵相貌堂堂，四方脸，高鼻梁，两眼炯炯有神，身材伟岸，是个十分标准的男子汉。他当土匪，出人意料，谁也想不明白，家境殷实的他为什么会上山当土匪。新中国成立以前，我们那里的山上有不少土匪，国民党要消灭他们，共产党当政后也要剿灭他们。1949年前，他偷偷溜回家，没有那么危险。父亲说，他有两把盒子枪。有一次，他溜回家，中午躺在横屋小厅里的竹床上睡觉。有只死鬼鸟飞到屋檐上，叽叽喳喳地叫唤。故乡有个传说，死鬼鸟飞到屋顶叫唤，是不祥之兆。大耳朵其实对这样的说法根本就不在乎，他是将脑袋掖在裤腰带上的人。只是死鬼鸟吵醒了他，他十分生气。睁开眼睛，从腰间掏出驳壳枪，瞄都没有瞄，随手一枪，死鬼鸟应声而落。父亲目睹了那一幕，心惊肉跳，大耳朵的枪法真准，要是打人，还不是像喝口水那么容易。

父亲说他在很长一段时间里，都对大耳朵心生恐惧。有一回，我爷爷和大耳朵的父亲发生了争执，父亲一直拉着爷爷，让他不要吵了。他害怕大耳朵回来，随手一枪将我爷爷给毙了。我爷爷听了父亲的话，没有继续和大耳朵的父亲吵下去，不是怕大耳朵的枪，而是不想让我父亲受到惊吓。我问过父亲，大耳朵当土匪的时候，有没有打死过人。父亲搜肠刮肚，想了老半天，模棱两可地说，还真没有听说他打死过人，不过，他常年在外，就是打死了人，也无从知晓。

1950年，解放军剿匪，把大耳朵追得在大山里东躲西藏。当时，他把老婆陈十妹也带在身边。陈十妹是个性格刚

烈的女人，不想和他过提心吊胆的日子，劝他下山投诚。他
非但不下山，还虐待陈十妹，用钻子扎陈十妹的大腿，扎得
鲜血淋漓。多年后，陈十妹控诉他的时候，还会让大家看她
大腿上密密麻麻的疤痕。陈十妹找了个机会，逃下了山，和
他分道扬镳，老死不相往来。陈十妹得以逃脱，是因为解放
军的一发小钢炮的炮弹把大耳朵炸下了山崖。她以为大耳朵
被炸死了，岂料他命大，只擦破了点皮。大耳朵还是在大山
里东躲西藏，陈十妹回家后，不成人形，瘦得像根竹竿。她
说，她和大耳朵在山上，找不到吃的东西，饿得半死。

　　家族里的人，都以为他即使不被小钢炮的炮弹炸死，
也会饿死在山野。他却没有饿死，原因是，他找到了一个
山里人家，天黑后，从人家的屋顶，轻轻地将瓦一片片地揭
开，露出空隙，钻入人家家里。很巧的是，那户人家只有一
个孤独的瞎眼婆婆，她儿子被国民党抓壮丁后一直没有回
来。瞎眼婆婆将食物藏得十分隐秘，大耳朵找遍了屋里的每
个角落，都没有找到吃的东西。他已经饿得眼冒金星，再找
不到吃的，真就要一命呜呼了。大耳朵细微的动静并没有逃
过瞎眼婆婆灵敏的耳朵，她似乎也闻到了男人的气味。她有
些激动，以为是自己的儿子回来了："你是火金吗？是我儿

子火金吗？"大耳朵走到床边，灵机一动，便冒充起她儿子来了："对，我是火金，我回来看你了，姆妈。"瞎眼婆婆从床上惊坐起来："你走了多少年了，还想得起归家。"大耳朵说："我一直想念你呀，姆妈。"瞎眼婆婆伸出颤抖的手，在黑暗中摸到了他满是胡茬的脸："火金，你走时还没有长胡子，现在胡子都这么长了。"大耳朵说："姆妈，我饿。"瞎眼婆婆下了床："我这就给你拿吃的。"她钻到床底下，掏出了一个布袋，布袋里装着地瓜干。大耳朵打开布袋，抓起一把地瓜干就往嘴巴里塞。瞎眼婆婆沉默着，听着他狼吞虎咽发出的声响。填饱肚子后，大耳朵说："姆妈，我该走了。"瞎眼婆婆说："走吧，孩子，带上一点地瓜干，我晓得饿肚子的滋味不好受，也晓得你不是火金，我儿子眼角有颗痣，你没有。"大耳朵扑通一声跪下："你就是我的姆妈。"后来，大耳朵去找过她，那是多年以后的事情，那间屋子已经破败不堪，瞎眼婆婆也早已故去。

父亲说，虽然不晓得大耳朵有没有杀过人，但是他害死过一个人。

那个人就是我叔公李金水。

要不是我叔公李金水替他挡了一枪，大耳朵早就不在人世了，也就没有了后来的故事。1950年端午节那天，大耳朵偷偷潜回了家，他在山上饿得实在受不了了。回到家里已是深夜，他母亲含着泪，给他弄了些吃的。看着儿子饿死鬼似的样子，他母亲说："你这个忤逆之子，怎么就要去当土匪呢。"这也是我多年来一直思考的问题，他为什么好好的日子不过，要去当土匪。后来有一天，我回乡探亲，当着他的面问起过这个问题。那时，他的内心已经平静如水。他笑着对我说："就是觉得好玩，刺激，当土匪还是很神气的。"

他当土匪的另一个原因，则是源于对土匪头子陈烂头的崇拜。有一次，他和父亲去长汀城里拿货，回来的途中碰到了土匪打劫，领头的土匪就是传说中不可一世的陈烂头。他挥舞着手中的盒子枪，问大耳朵的父亲是哪里人。大耳朵的父亲胆战心惊地回答："河田人。"陈烂头说："河田哪里的？"大耳朵的父亲说："上街李屋的。"陈烂头说："你认识李七星吗？"大耳朵的父亲说："李七星是我堂哥。"陈烂头两眼放光："李七星是个善人，我小时候和我爹去河田镇赶圩，碰到他开仓放粮，我们还分到了一斗米，让我们一家渡过了难关。"大耳朵的父亲还是战战兢兢，不敢多说什么。陈烂头挥了挥手中的盒子枪："走吧，走吧，我发过誓，绝不抢河田人的东西。"陈烂头也是河田人，只不过不是在镇上，而是在河田下面的南山塘村。大耳朵的父亲战战兢兢地带着儿子离开了那地方，大耳朵不停地回头张望，直到陈烂头带着土匪们钻进路边的密林里。大耳朵动了心思，他喜欢上了啸聚山林、威风凛凛的陈烂头，为他以后当土匪埋下了伏笔。

天下没有不透风的墙，即使大耳朵行踪诡秘，端午节这个深夜，大耳朵潜回家的事情，还是被发现了。他狼吞虎咽地吃完东西，想打个盹再走，岂料十几个民兵围住了大屋，准备捉拿他。那些民兵晓得大耳朵枪法准，也畏惧我们家族人多，不敢贸然闯进大屋里捉人，只好在外面等着。只要大耳朵走出大屋，他们就实施抓捕，抓不住，也要开枪射杀他。我叔公李金水也是命中注定要在这天离世。他因为过节吃坏了肚子，起来上茅厕。他穿着一双木屐，匆匆忙忙往屋外跑，走到门口，正要开门，一个姓刘的民兵慌乱中朝门里开了一枪，那枪击中了他。刘姓民兵是听说大耳朵有双枪，而且枪法十分厉害，才开枪的。打错了人，我们家族的人都起来了，场面一下子变得十分混乱，那些民兵也手足无措，大耳朵趁乱爬上房顶溜之大吉。那一枪击中了李金水大腿上的动脉，止不住血，流血而亡。大耳朵欠了他堂哥李金水一条命，他一辈子也没有还上。我另外一个堂叔李长工说和大耳朵有仇，可是，他一生都没有向大耳朵寻仇。

后来，大耳朵实在无法躲藏了，终于向解放军缴械投降。因为他是投降的，经调查，他也没有什么血债，被发配到内蒙古劳改去了。父亲说，在内蒙古劳改农场，大耳朵待了十多年，竟然躲过了1960年的大饥荒，回到家里时，气色很好，红光满面。父亲和他算是有话讲的人，他有时会和我父亲吹牛，说他在劳改农场的山上，挖到过不少野山参，一挖到就偷偷吃了，所以身体强健。还吹牛说，他在劳改农场，政府让他当了犯人中的小头目，还享受干部的待遇，住着小单间，吃香的喝辣的。对于他的话，父亲半信半疑，不知真假。

我记得一件事情，20世纪80年代末期，参军后的我有一次回乡探亲，大耳朵找到了我。他笑眯眯地对我说："阿闽，你是我们家族里的大秀才，文笔好，能不能给我写个材料？"我问他写什么材料。他说："现在落实政策，三老（老红军、老游击队员、老八路），国家每个月都给几十块钱补贴，听说，我们这些投诚的国民党兵也有补贴，但是要交份材料到民政部门去，我大老粗一个，不会写材料，你帮我写，好不好？"我很惊讶，他分明是土匪，怎么将自己说成是国民党兵。我对他说："我也不晓得怎么写，从来没有写过这样的东西。"他从口袋里掏出两张皱巴巴的纸，上面写满了密密麻麻的字。他说："这是一个当过红军的人写的材料，你就按照这个样式写。"他的事情和当过红军的人完全不一样，怎么能够按照这个写，我有点晕。他还是笑眯眯地说："阿闽，你就帮我写一下嘛，等我拿到补助金，我请你喝酒。"我十分无奈，被他缠上了，简直是痛苦万分的事情，只好硬着头皮答应了他。我问了他一些投诚的情况，然后就帮他写了两张纸的材料。尽管我给他写了份辞情并茂的材料，他还是没有拿到补助金，跑了无数次民政局，民政局的人要他找出证明人，那些人有的死了，有的到了异地，根本无法找到。他只好悻悻作罢。当然，他也没有请我喝酒，我也不会要他请我喝酒，哪怕他拿到了政府的补助金。

　　我小时候，挺害怕大耳朵的，他却总是对我笑眯眯的，他越是对我笑眯眯的，我内心就越恐惧，在我心中，他一直是个土匪。我堂哥土土说，他房间的床下还埋有马刀，我将信将疑。我和土土有一次趁他们都出工去了，他家里没有人之际，偷偷溜进了他的卧房。那时节，大家的房间都不上锁，谁家也没有什么值钱的东西，不怕偷。我们钻到他的床底下，用小铲子挖，挖了一个坑，也没有挖到马刀。土土坚信他床底下埋着马刀，绘声绘色地说那马刀还是用油布封好了的。我们正要继续往下挖，听到房门打开的声音，有人走进了房间。我们屏住呼吸，大气不敢喘一口。没错，是大耳朵回来了。我吓坏了，要是被他发现，他可能会杀了我们，把我们埋在床底下我们挖好的坑里。我瑟瑟发抖。土土历来胆子比我大，用手轻轻捅了捅我，示意我不要怕。过了一会儿，大耳朵走了。土土还要继续挖，说那马刀一定埋得很深。我害怕大耳朵再回来，不顾一切地从床底爬出来，跑出了房间。土土无奈，也跟在我后面跑了出来。那几天，我都躲着大耳朵，碰了面也不敢看他的眼睛，生怕他发现了我们的行径，加害我们。大耳朵让我晓得了对一个人的恐惧是很痛苦的事情，我也理解了父亲当初对大耳朵的恐惧。

　　我对大耳朵的恐惧，到了十四岁那年才退去。那一年夏天，我的身体有了变化，觉得浑身都充满了力量，虽然说长得瘦小，还是有胆量去挑战那些看上去强大的同学。有个同学个子高出我一头，身体比我强壮，他们家是吃商品粮的，没有挨过饿。他十分神气，还说练过武，经常找些比他弱小的同学欺负。他竟然欺负我最要好的同学，我那同学根本不是他的对手，被他打肿了眼睛。我气不过，决定挑战他。那个黄昏，放学后，我来到学校一棵巨大的桉树下，和他单挑。他带了几个同学助威，我只有挨打的那个同学胆战心惊地站在我后面。他的确很嚣张，摩拳擦掌地朝我扑过来，我心中积蓄着一股怒火，我侧了一下身体，一拳打在他的脸上，他一个趔趄倒在地上。我一拳打掉了他的信心，他从地上爬起来，朝我装模作样地抱了抱拳："佩服，佩服。"我本以为他还要继续和我较量，没想到他怂了，带着那几个同学灰溜溜地走了。我们开心极了，这一战让我成了个勇敢的少年，对大耳朵的恐惧也渐渐消失了。

其实，我童年时最害怕的不是大耳朵，而是大耳朵的第二任老婆梅英。那是个奇丑无比的女人，矮小阴险，目光毒辣，而且特别会骂人，论吵架，我们河田镇没有几个人是她的对手，她什么肮脏的话都可以骂出口。要命的是，传闻她会下毒。有一回，和她吵过架的人家里的鸡全都死了，说是她下的毒。有一次，我奶奶和她吵了一架，我心里惴惴不安。我们两家的厨房靠得很近，我担心她会朝我家的水缸里下毒。不过，我的担心是多余的，我们一家人活得好好的，没有被毒死。

梅英是外乡人。大耳朵劳改回乡的途中，路过一个小村子，没有地方住，就睡在村头的破庙里。后来他和奶奶说过，那天晚上，梦见了讨老婆，新娘子是个小巧的女人，虽然不好看，却和他有缘分。第二天早上，他从梦中醒来，发现有个女人站在破庙门口，穿着打满补丁的衣服，手中捧着一个瓷碗，碗里装着热气腾腾的地瓜稀饭。他站起来，盯着女人的脸，这不是梦中的女人吗？他十分吃惊，根本就不相信自己的眼睛，仿佛还在梦中。地瓜稀饭的香味却异常真实，他嗫嚅地说："这是给我吃的？"女人笑了笑："看你一个外乡人，可怜你，吃吧。"大耳朵接过瓷碗，两三口就喝完了碗中的地瓜稀饭。他得寸进尺："还有吗？"女人说："还有，跟我来吧。"这个女人就是梅英，她将他带回了那个破落的穷家。她的丈夫两年前死了，她带着个六岁的儿子艰难度日。因为她生性泼辣，村里人都躲着她，没有男人来找她，她正想跟个男人离开这地方，大耳朵的出现，对她来说，是个千载难逢的机会。他在吃地瓜稀饭时，她就问了他的婚姻状况。大耳朵说："我以前当过土匪，还是个劳改犯，你不嫌弃我？"梅英见他身体壮实，相貌堂堂，心思早就萌动了，根本不管他什么出身。大耳朵饥不择食，当天晚上，就和她上了床，他体味到了女人的妙处。住了三天，大耳朵要回河田镇了，他答应梅英回家安顿好了，就来接她。梅英等不及，生怕大耳朵回到河田镇后变卦，果决地要马上跟他走。

　　大耳朵想了想，自己一无所有，有女人跟他，也是老天有眼，垂怜他，就把梅英和她的儿子带回了河田镇，重新组织了一个家庭。在我的印象之中，大耳朵没干过什么坏事。他勤勤恳恳地做着农活，养家糊口。梅英却不一样，深夜时，她会像个鬼魂一样溜出家门，去人家的菜园子里偷菜，被抓住了，就撒泼，和人家大吵大闹。我们一大屋的人和周围的邻居，极少没有和她吵过架的。她气急败坏时，还会把粪便倒在人家锅里。她像瘟疫一样，令人讨厌和恐惧。大耳朵有时也看不惯她，说她几句，她就像条毒蛇一样把丈夫缠上了，不光毒骂，还又撕又咬，弄得大耳朵狼狈不堪。大耳朵其实很疼爱老婆，舍不得打她，也许这就是命，命中注定要有个毒辣的女人来管他。梅英和别人吵架，大耳朵一般不会出手，但是对方男人要是加入战争，大耳朵也不会客气，会拼了命保护老婆。大耳朵当初见她时，没有想到梅英是这样一个女人，可是，无论她怎么样，他都将她当宝贝。梅英有时恼了，赌气要带着儿子离开，他就会吓得发抖，跪在她面前，央求她不要离开。他们是对生死冤家，河田镇的人都觉得，他们的组合又奇怪，又和谐，这两个没有人可以忍受得了的人在一起搭伙过日子，相依为命，也是上天的安排。

　　梅英给大耳朵生了两个儿子，她娇惯儿子，那两个儿子有她的不良遗传，好斗而且阴鸷。我对大耳朵的两个儿子有时恨之入骨，他们虽然不敢欺负我，却常常和土土斗狠，因为土土和我要好，有时我也会加入土土这一方，这样就很容易引起家族内部的争斗。曾经有一次，我们打成一团，梅英也加入了战斗，她用捶衣服的棒槌打我和土土。最后，我奶奶看见了，制止了她，大耳朵也将他那两个凶神恶煞的儿子拖开了。我奶奶和王毛婆婆在家族里说话举足轻重，他们出面，制止了一场家族内部的大战。土土的父亲和哥哥，还有我父亲和叔叔出工回家后，得知我和土土挨了打，气不过，准备联手收拾大耳朵一家。我奶奶和王毛婆婆苦口婆心地劝住了他们。我一直在想，那场大战要是真打起来，后果会怎么样。我们渐渐长大，人性中好的一面多了起来，原始的兽

性就少了，大家也没有那么多摩擦了，相反的，相互之间
有了笑脸。可是无论如何，不是一路人，彼此终究无法亲
近起来。

大耳朵一家，唯有梅英带来的那个儿子是个良善之人，
从来不和人争吵，和他们家里的人简直格格不入。他很小的
时候，就和一个木匠师傅学手艺，很早就开始赚钱了。他赚
的钱都交给了梅英，即便如此，还经常挨梅英的咒骂。他的
两个同母异父的弟弟老是欺负他，他结婚后，就分出去单过
了，和这个家仿佛没有一点关系。

大耳朵的晚景颇为凄凉。

早在十几年前，曾经住着十几户人家的大屋破败了，
大家都在外面建了新屋，搬出了老屋。只有大耳朵夫妻还住
在苍老的大屋里。大屋上厅的楼房都倒了，他们也没有搬出
去，住在两间还没有倒塌的危房里。那危房和他们一样，风
烛残年，经不起任何折腾。他们的三个儿子都在外面成家立
业，没有一个儿子愿意接他们去一起住，这里面有儿子们的
原因，也有他们自身的原因。我作过一些调查，儿子们对他
们的确讨厌，也许是在他们的成长过程中，有许多不痛快的
记忆。他们之间也没有什么感情，为一点蝇头小利可以大打

出手，像仇人一样。对待大耳朵夫妇，他们相互推诿，谁都不想管他们。大耳朵的小儿子，对我还算客气，因为我帮助过他。他结婚前的那年正月，我从部队回家探亲，那时他还和父母住在一起，两个哥哥不关心他的婚事，只有大耳朵老两口替他着急。他相中邻村的一个姑娘，姑娘家里要他上门去谈，他像热锅上的蚂蚁，上蹿下跳地逼大耳朵夫妇找钱，因为上门要买礼物，还要给姑娘的长辈包红包。梅英把我叫到一个没有人的角落，阴着脸对我说："阿闽，你现在是部队的干部，拿工资的人，我想向你借点钱，救个急，等我家的猪长大了，卖了，再还你钱。"她从来没有跟我开过口，看着她窘迫的样子，我心软了，问她："需要多少钱？"她嗫嚅地说："300块钱就够了。"在20世纪90年代初期，300块钱可不是一个小数目，我一个月的工资才200多块钱。我踌躇了一下，还是将钱给了她，她拿着钱兴高采烈地走了。我不敢将她借钱的事情告诉我母亲，否则她会去要回来。结果，那钱再也没有还给我，我也没有管她要。

　　我找到大耳朵的小儿子，对他说："你这样不行，你父母亲最疼你，为你操碎了心，你现在有自己的家了，怎么就不要他们了。"他面露难色。我说："即使你两个哥哥不要他们，你也不能不管，这样做，会天打五雷轰的。"他说："不是我不要他们，而是他们与我老婆不和，在一起总是吵架，弄得家里鸡飞狗跳，日子过不下去。"我说："你就不能说说你老婆。"他说："就是我老婆不吵，我妈也会和她吵，经常莫名其妙地挑起事端，你也晓得我妈那人的品性。"我无语了，我说服不了他，也没有精力去管他们家的事情。探亲的假期到了，就要离开故乡，对于河田镇而言，我只是个过客，这里发生的一切，仿佛和我没有太多的关系，只是藕断丝连，留着一丝牵挂。

我基本上每年都回乡一次，有时过年回去，有时平常回去。每次回乡，我都要到老屋去看看，那里埋葬了我的童年，那里有我许多的记忆。小门上的那个枪眼还在，小时候，我们会用手指去捅那个枪眼，枪眼变得十分光滑。这个枪眼永远和大耳朵有关，那关乎一条无辜生命的消逝。我不知道年迈的大耳朵对那个光滑的枪眼还有没有记忆，对因他而死的李金水有没有一丝愧疚。只要我去老屋，就会见到年迈的大耳朵和梅英。我以前从来没有见过梅英的笑脸，他们都苍老了，大耳朵见到我，还是笑眯眯的，叫着我的小名；梅英也笑眯眯的，她老了以后，仿佛变得慈祥了，再也不会和人吵架了。看着他们风烛残年的模样，我有些心酸。风烛残年的大耳朵靠在集市猪牛行给人家做牙人（中间人，介绍人）为生。我会偷偷地塞两百元钱给他，算是给长辈的一点心意。每次我离开老屋，大耳朵都会站在门口，笑眯眯地目送我。我偶尔回头，看到他满是皱纹的老脸，心中早没有了恐惧，更多的是忧伤。每个人都不能够抵抗衰老，无论你是如何强悍的人。

大耳朵离开人世后，梅英孤独地活着，那时她已九十岁了。年轻时的梅英多么泼辣，几乎得罪了所有的人，但是她年老后，早已经没有了戾气，看上去就是个平常得不能再平常的老太太，目光也变得柔和了，说话也细声细气了。她再也没有本事和他人争斗了，就像行将熄灭的烛火。听父亲说，大耳朵过世后的几天里，她一直在哭，孤独地哭，人们听到她从破败老屋里传出的凄凉哭声，情感都异常复杂，但是没有人去安慰她。如果王毛婆婆和我奶奶还活着，她们也许会去陪伴她，安慰她，她们是我们宗族里的菩萨。如果让梅英饿死在老屋里，那是所有族人的耻辱。族里几个主事的人开始干预她的事情，他们一次次地在她三个儿子中间游说，最后，小儿子答应供养她，不过，小儿子十分不幸，不

久得病辞世。族里的老人又到她两个儿子那里游说，他们答
应轮流供养她。大耳朵死后，她其实已经没有了希望，也没
有了语言。她最后的时光是落寞的，凄惨的，每个儿子家对
她并不是尽心尽责地照料，而是将她当成累赘，仅仅让她填
饱肚子而已。儿媳妇们嫌弃她，总是对她恶语相向，她忍受
着屈辱，忍受着有生以来最艰难的时光。她觉得这一生，对
她最好的人就是大耳朵。梅英死的前一天，回到老屋，一直
喊叫着大耳朵的名字。她的喊声在严冬的寒风中渐渐地微弱
下去，直到她的生命枯竭，熄灭，身体冰凉，再也呼不出一
丝热气。她在孤独和煎熬中，追随大耳朵去了。

绝 命

　　李长工去世已二十多年了，曾经有段时间，我这个堂叔老是出现在我的噩梦之中，他高而瘦像竹竿般的身体站在我面前，伸出干枯的手抓我，声音凄凉："阿闽，救救我——"醒来后，在漆黑的夜里，我想给他打个电话，却想起他已经死去多年，不禁黯然神伤。

　　李长工的父亲就是因为大耳朵，被民兵误杀的李金水。李金水死的时候，李长工还小，他和姐姐以及悲伤的母亲相依为命。他很早就比一般人成熟，在姐姐出嫁后，用弱小的肩膀撑起了一个家。他是我最亲近的一个堂叔，看着我长大，在我眼中，他一直是个勤劳、善良、正直的男人。年轻时候的李长工个子很高，比我另外一个堂叔高佬稍微矮一点点，但比高佬英俊。因为太高，加上生活的重负，他的背有点佝偻，尽管如此，也不会影响他在我心目中的形象。我从少年时代起就脾气暴躁，好斗，总是惹是生非，没有一个堂叔敢管我，只有他会训斥我。奇怪的是，在他面前，我一点脾气都没有，我就是听他的话。

记得有一回，我和别人打架，打输了。我气急败坏地拿着一块石头，跑到人家家里，将人家做饭的锅砸了个大窟窿。当时，我父亲不在家。他十分生气，打了我一巴掌，凶我："你这是做什么！砸人家的锅，这是伤天害理的事情。打架哪有包赢的，有种去打赢他，就是输了，有什么要紧的，胜败都是常事。砸人家的锅，这是无赖才做的事情，你是无赖吗？我看你的书都读到屁眼里去了。"听着他的话，我被他打肿的脸火辣辣地痛，浑身也臊得冒火，大汗淋漓。教训完我，他带着我来到那户人家，让我赔礼道歉，然后，他给人家赔了口锅，这事情才算了了。我父亲回家后，得知此事，也气得火冒三丈，将我暴打一顿。李长工拉开父亲，没有让父亲继续打我，父亲要给他买锅的钱，他死活不要。就连对我百般宠爱的奶奶，也说我不对，怎么能够去砸人家的锅。还说李长工和父亲对我教训得好，照这样下去，说不定我就会点火烧人家的房子，那和强盗有什么两样。我对李长工是心服口服。

李长工也是我那么多本家中，与我对话最多的人。我和我父亲及亲叔叔，也没有那么多话说。有一次，我问他："你恨大耳朵吗？要不是他，我金水叔公也不会死得那么早，你也不会受那么多苦。"

他笑了笑说："恨，怎么不恨？大耳朵是我的仇人。可是恨有什么用，人死不能复生，好好过日子最要紧。"

我说："既然大耳朵是你的仇人，也是我的仇人，我们把他杀了吧。"

李长工哈哈大笑："为什么要杀他？杀了他就报了仇吗？不是，杀了他，我们要坐牢，或者会被抓去枪毙，一命抵一命。你傻瓜呀，我们不能杀人，杀人是多大的罪孽，人要良善。"

我说："那这仇就不报了？"

李长工笑了笑，卷了根纸烟说："这事情以后再说吧。"

我只好作罢，没有再说什么。我想过，如果李长工要找大耳朵报仇，我一定会帮他。不过，李长工对大耳朵的仇，后来就不了了之了，随着时光流逝，大家都淡忘了这件事情，毕竟是叔伯兄弟，况且也不是大耳朵打死李金水的，事情过去就过去了。问题是，我心里一直有个结，觉得李长工会找个时机报仇的。

李长工是过日子的好手，就像他的名字一样，吃苦耐劳。他没有给富户当过长工，这个名字的得来，是因为他在父亲死后，像长工一样拼命干活。他应该有个正经的名字，可是我怎么也记不得了，从来也没有人唤他那体面的名字，只是叫他长工。他曾经和我的李炳叔公学过木工手艺，后来不知怎么不学了，改学泥瓦匠。他最拿手的是打泥墙，旧时节造的房子都是泥墙，那是力气活，他就靠一把力气养家糊口。泥瓦匠在"文化大革命"期间并不吃香，因为那年月没有什么人有钱造新屋，他的力气就用在干农活上，他在生产队里是拿工分最高的那部分强劳力之一。

记忆中，他在漫长的艰难岁月里，没有犯过什么大错，他总是以正面的形象出现在我的脑海。而且，他是个绝对的孝子，这点在我们河田镇有口皆碑。他从来没有让母亲吃过苦，尽管我那个叔婆过早地成了寡妇，可她一生都过着养尊处优的生活，因为她有个孝顺而又勤劳的儿子。我叔婆长得漂亮白净，而且有个很好听的名字：陈新人。我一直唤她新人婆婆，就是她八十多岁时，脸还十分鲜嫩。漂亮寡妇总是会引起很多男人的非分之想，也有人劝她改嫁，她没有答应。她没有再嫁人，却和一个男人好上了，一直是秘密来往。那男人有家室，并不经常来，他还要做工。据说，新人婆婆和那男人好上之初，家族里很多人愤愤不平，要去捉奸，暴打那男人，结果被李长工制止了，居然他儿子都没有意见，别人的愤愤不平就显得不重要了。其实，李长工在家的时候，那个男人也是不太敢登堂入室的，李长工不会给他好脸色，新人婆婆和那个男人偷情，李长工只是睁一只眼闭一只眼，装作什么也没有看见，什么也没有发生。

我不喜欢那个男人，那个男人有个绰号，叫癫子，长得五大三粗，满脸胡茬，他看上去倒像真的土匪，而且举止粗鲁，在我眼里，他和美丽小巧的新人婆婆根本就不般配。有时，我碰到他，会用恶毒的目光瞪他，他居然还朝我笑。后来，我长大了，理解了很多东西，也理解了堂叔李长工，他不光是孝顺母亲，而且还尊重女性，这在他那一代人里是十分难得的。癫子上了年纪之后，就和新人婆婆少了往来，但有时还会送点好吃的东西给她。她对他说："以后还是不要送了，让人看到不好。孙子们都长大了，不能再这样了。"癫子也听她的话，就没有来往了。癫子比新人婆婆死得早，好像是死于爆血管。我不晓得新人婆婆听到他的死讯后，有没有哀伤。

李长工当过两年生产队长，他应该是个很好的生产队长，有魄力，身体力行，不偷懒，做事情也公平，大家都服他。问题就出在他对新人婆婆的孝顺上了，新人婆婆有段时间特别喜欢吃炒黄豆，黄豆在那个年代，可是奢侈之物。新人婆婆总是在儿子面前说："唉，有把炒黄豆吃就好了，我怎么就那么喜欢吃炒黄豆呢。"我奶奶经常对我亲叔叔说："你要是像长工那样就好了，你看他，新人就是要天上的星星，他也会架个通天的长梯，去将星星摘下来。"新人婆婆和儿子说了想吃炒黄豆的第二天晚上，我就闻到了从他们家飘来的炒黄豆的香味。我小时候是个馋鬼，闻到香味就会不停地流口水，好在家族里的老人们都十分疼爱我，有什么好吃的，都会分点给我吃。果然，新人婆婆手里攥着一小把炒得香喷喷的黄豆走出来，找到躲在门口角落里流口水的我，温和地说："阿闽，给你炒豆子吃，偷偷地吃，不要告诉别人啊。"我从她手中接过炒黄豆，放进口袋，撒腿就跑了。

我躲在一个稻草垛后面，一颗一颗地吃着炒黄豆，那是无比幸福的事情。我想，新人婆婆吃炒黄豆的时刻，也是蛮幸福的。那时候的幸福感很容易就可以得到，因为那时候的人是那么容易满足。

正是因为新人婆婆这点微不足道的幸福感，李长工的生产队长被撤掉了。撤职不是什么大事，不干就是了，没有什么大不了的。严重的是，有人到公社和大队部去举报他，说他贪污生产队的粮食，这可是大罪。大队长带着几个荷枪实弹的基干民兵，将他带走了，还五花大绑。他被关在大队部的一间小房间里，工作队队长负责审讯他。如果是大队里的干部审他，那应该没有什么大问题，都是熟悉的人，怎么样也好说，况且也不是什么大罪，不过拿了几两黄豆，从来也没有多吃多占。那个工作队队长是外地人，凶神恶煞的，李长工也不是软蛋，根本就不怕他。李长工说："我就拿了几两黄豆，你要怎么处置就怎么处置吧。"工作队队长说："只是几两黄豆吗？你老实交代，坦白从宽，抗拒从严，我们已经掌握了你所有贪污的证据，你自己老老实实地说出来，我们也许会网开一面；如果你顽抗到底，就送你去坐班房。"李长工火了："我说过了，我就拿了几两黄豆，你们要送我去坐班房，老子也不怕！"那工作队队长不知为什么，非要和李长工过不去，到了晚上，大队的本地人都回家了，他带着手下，将脱光了衣服的李长工吊在房梁上，用鞭子抽打他，打得遍体鳞伤，还浇上盐水，痛得李长工吱哇乱叫。工作队队长冷笑道："你尝到苦头了吗？你要是还不招，还有更大的苦头让你受。"李长工的犟脾气上来了，愤怒地说："老子没有犯罪，你就是打死我，我也只是拿了几两黄豆。"就这样，工作队队长折磨了他几天，因为突然被调到别的乡镇去了，这事才草草收场。李长工回到家里，躺了好几天才恢复过来。新人婆婆流着泪说："我以后再也不吃炒黄豆了。"他笑了笑："姆妈，你想吃，我还去给你弄，不就是一点黄豆嘛，有什么了不起的。"

　　李长工还有个妹妹，那是我堂姑，她和我同年出生，只不过比我大几天而已。堂姑和我一起长大，小时候我们水火不容，经常吵架，只要被李长工看见，他就会呵斥堂姑，说她没有当姑姑的样子。堂姑的泪水飙飞，我在一旁得意。有一次，堂姑被我欺负得忍无可忍，拿起一块石头，把我的头砸出了血，这下轮到我号啕大哭了。堂姑被李长工打了一顿，见她挨打，我有种报仇的快感。堂姑没有读书，和他哥哥一样，过早地下地劳作。我上初中时，她已经长成一个羞涩的姑娘了，我们再也没有吵过架。我开始审视她的命运，并且抱以同情。有一次我借喝醉酒，质问李长工，为什么当初不让堂姑读书，他无言以对。这是他自私的一面，让堂姑分担家庭的重负。

李长工的老婆叫红毛嫲，因为她的头发有点红。刚嫁过来的时候，红毛嫲对新人婆婆爱理不理，被李长工教训了几次就好了。红毛嫲是个心直口快的女人，对李长工百依百顺，但是发起脾气来，也是不得了的事情。在我的印象中，红毛嫲一直都笑眯眯的，挺喜欢说些玩笑话，经常逗得大家哈哈大笑。她对新人婆婆起初不是很敬重，是因为癫子，她很不喜欢那个男人，因为此事，那些日子常常和新人婆婆起摩擦。李长工十分严肃地对她说："她是我妈，她做任何事情，你都没有权利管她。你对她不敬重，也是蔑视我，我只好请你离开这个家。"她晓得李长工说话算话，才渐渐收敛。日后，她和新人婆婆的婆媳关系处理得不错，新人婆婆也放心地把家交给了她。

新人婆婆曾经对红毛嫲也有意见，因为她头两胎生的都是女儿。新人婆婆就李长工一个独子，如果红毛嫲不为李长工生个儿子，那就绝后了。李长工在这个方面还是相当开明的，多次劝母亲："生儿生女都一样，有什么区别？我觉得两个女儿挺好的。"新人婆婆听了他的话，就呼天抢地地哭闹起来。李长工拿母亲一点办法都没有。我们那儿从前有个陋习，没有男孩子传宗接代的人家，一般都会买个男孩子回来，当亲儿子养。新人婆婆四处打听有没有合适的人家，想去买个男孩回来。终于有人告诉她，连城县有户人家，家里有三个男孩，因为家境贫寒，要卖掉最小的儿子。她带着红毛嫲通过介绍人，来到连城那户人家，见那孩子长得眉清目秀，甚是喜欢。她们就将那男孩带回了家。李长工没有办法，只好将那男孩当自己的亲儿子养。那个男孩就变成了我的堂弟。他的两个姐姐和我这些堂哥们对他都很好，渐渐地，他就把自己当成李长工的亲生儿子了。这个男孩到李长工家两年后，红毛嫲又怀孕了，生下了个白白胖胖的男婴，一家人喜出望外，李长工有两个女儿，两个儿子，这是十分美满的事情。

李长工自己吃了没有文化的亏，四个孩子都送去学堂里读书。他一直说，只要儿女们肯读书，就是读到博士，也要出钱培养他们。遗憾的是，他的大女儿和大儿子的确不喜欢读书，学习成绩一般，读到初中毕业就不读了，和他一起干活。大女儿田里田外，干什么活都是能手。大儿子不仅农活干得好，还和他学了泥瓦匠的手艺，帮人家造屋。李长工的小儿子书读得不错，一直读到高中毕业，阴差阳错，这样一个用心读书的人，居然没有考上大学。李长工的小女儿十分聪敏，长得又漂亮，是我那么多堂妹中最漂亮的一个。我一直希望她能够上大学，可是，她没有上大学，而是去上了幼师，当了个幼儿园老师。她后来成了我战友的太太，我战友是部队干部，让她随了军，我战友前几年就地转业，堂妹和他以及女儿一直生活在杭州。有时我去杭州，会去看我漂亮的堂妹，说起她爸爸，我们都十分伤感。李长工没有享到女儿的福，要是他还活着，女儿会接他到杭州游玩，看看西湖，那是多么美好的事情。他一生都没有到过杭州，也没有到过其他大城市，最远的地方也只到过龙岩市。

李长工一家都十分勤劳，在20世纪80年代初就造了新屋，搬出了老宅，过起了独门独院的幸福生活。过上幸福生活的李长工有了变化，在此之前，他只顾怎么样搞好家庭建设，极少理会家族中的事情。生活好转后，他似乎有了某种权利的欲望，积极参与家族中的各种事情。比如，家族里谁和别的家族发生矛盾，他就主动过去调解；家族里有谁被欺负了，他就张罗着带人去讨回公道。不久，他就成了我们家族里的几个首脑之一，没事就在祠堂里商量着什么。当时，他在我们河田镇，可是响当当的人物。只要提起李长工，大家都会跷起大拇指，说他是个呱呱叫的人物。他也是我们河田镇上街村李姓人的主心骨，有什么事情，只要他出面，基本上都可以顺利解决。据说，那些日子，他走在镇街上，威风凛凛，就是别的姓氏的头面人物见到他，都要和他打招呼。他还经常被人拖去喝酒，喝酒的时候，表现出一副长老的模样，仿佛是一方霸主。没有人敢挑战他在宗族里的权威，就是镇政府的干部，也得给他几分面子，因为有些不好开展的工作，还需要他配合。我曾经对他也是极为佩服。我刚刚参军到西北时，不习惯那里的生活，企图装病回家，怕真回乡后，被他瞧不起，就给他写信，让他有个心理准备。他给我回信，劝我不要有什么负担，在哪里都一样生活，就是回河田镇种地，也没有什么大不了的，他会罩着我。当然，也有人看不惯他，说他是野心家，好高骛远，飞扬跋扈。

在他死前的那段时间里，他在家族中的声望达到了顶峰，人们惊讶地发现，他是个很优秀的族长人选，家族里的人发生什么事情，就说："找长工去！"整个河田镇，都知道李家有这么一号有号召力和影响力的人物。我没有见过风风光光地处理棘手问题的李长工，只是听家族里的人描绘过他神气活现时的情景，因为我十七岁就离开了家乡，到外面的世界闯荡去了。那年回乡过春节，我带了些礼物，去他家，看新人婆婆和他，看到他捂着肚子，坐在椅子上哼哼唧唧。我晓得，他的老毛病又犯了，他的胃病是在困难时期落下的。我记得一个细节，每次从田里回到家里，他都会从水缸里舀起一瓢冷水，咕嘟咕嘟喝下去。

我离家后不久的一个春日，传来了他死去的噩耗。

关于他的死，有许多传闻。

后来，我回乡特地作了些调查，基本上清楚了他为何而死。

几十年都没有男女方面绯闻的李长工，竟然在他五十多岁的时候，和本村的一个有夫之妇好上了。奇怪的是，和他相好的那个女人奇丑无比，又矮又胖，像个长歪了的冬瓜，和红毛嫲根本就没法比，尽管红毛嫲也不算什么美女。李长工有段时间经常在黄昏的时候，独自走出家门，穿过一片田野，翻过树木葱郁的河堤，来到汀江边上的水柳丛中，等待那个女人。天渐渐地黑下来，女人如期而至。他们就搂抱在一起。红毛嫲觉得奇怪，他到底到汀江边上去干什么，每次去都很晚才回家。她问过李长工这事，李长工在宗族里有威严，在家里的地位更是至高无上的。李长工就训斥她："我去哪里还要向你汇报？你算什么东西。"红毛嫲笑着说："嘿嘿嘿，你了不得了，我是什么东西？我是你老婆呀。我是什么东西。"李长工不耐烦地说："去去去，该问的问，不该问的事情不要多嘴。"红毛嫲就不说话了。

红毛嫲对丈夫的诡秘行踪产生了强烈的好奇心。有天傍晚，李长工拿着手电筒出门之后，她就悄悄地跟了后面。当她看到丈夫和那个女人搂抱在一起时，她惊呆了，像是被雷电击中，痴呆了。她没有当面去戳穿他们，而是眼泪汪汪，深一脚浅一脚地回到了家里。她痴呆地坐在厅堂里，面对着洞开的大门。新人婆婆发现她不对劲，问她是不是身体不舒服，她没有理会婆婆。新人婆婆已经老迈，回房间睡觉去了。李长工回家后，看到眼睛直勾勾的红毛嫲，便粗声粗气地说："你怎么不睡觉，坐在这里做什么？"红毛嫲突然冷笑了一声："就那烂货你也要，你可是族里有头有脸的人物，也不怕别人笑话。"李长工瞪着眼睛："你说什么，什么烂货？"红毛嬷歇斯底里地喊叫道："你和矮子的老婆干的那事，别以为我不晓得——"李长工扑上去，用巴掌捂住了她的嘴巴："你不能小声点，我们进房间里去，我和你说清楚。"他将老婆架进了房间，反插上了门。

红毛嬷坐在床沿上，眼泪汪汪地说："你给我说清楚。"

李长工说："你跟踪我？"

红毛嬷说："自己做下的事情，还怕人看见。"

李长工说："你晓得我和她在一起干什么吗？我是在做她的工作。你也晓得，矮子不是东西，成天不务正业，把一个家搞得乱七八糟，她要和矮子离婚，我做她的工作，让她不要和矮子离婚。离婚了，那两个孩子怎么办？"

红毛嬷说："做工作，你以为你是国务院总理呀，什么事情都要管。做工作要抱在一起做吗？我看你是昏了头，自己几斤几两都不清楚了。我只要你一句话，要她还是要我？要她的话，我们明天就去打离婚，我离开这个家；如果要我，就和她断了关系，从今以后，不要再和她有什么牵连。"

话说到这个分上，李长工不再狡辩了。腆着笑脸说："老婆，别生气了，我怎么能不要你呢。好，好，我答应你，不再跟她来往了。"

红毛嫲说："你给我发誓。"

李长工说："我发誓，我要是再和矮子的老婆来往，不得好死。"

红毛嫲说："你也不看看，那是什么货色，你也要！真不要脸，我都不晓得怎么说你了。"

李长工又瞪起了眼睛："你有完没完，我都发誓了，你还要啰啰唆唆，你想干什么？"

红毛嫲不理他了，躺在床上，背过身去。

有那么一段时间，李长工的确没有再和矮子的老婆来往。可是，矮子的老婆却不依不饶，有时会在他家门外的路上，朝他家里探头探脑。红毛嫲发现了她，气呼呼地对她说："哪里来的野神野鬼，从哪里来就滚回哪里去。"矮子的老婆也不是吃素的，和她吵了起来。这一吵，就吸引了左邻右舍，大家都出来看热闹。红毛嫲急眼了，就将李长工和矮子老婆偷情的事情说了出来，大家都晓得了这件狗血之事。

他们通奸之事很快就在我们上街村乃至河田镇传得沸沸扬扬。那女人的老公矮子我认识。矮子的确是个邋里邋遢的人，日子过得酸涩，这是他老婆和李长工通奸的原因。至于李长工为什么做出此事，我不得而知。矮子发现老婆和李长工的事情之后，并没有惩罚老婆，而是拿着把刀子，上门叫骂，扬言要杀了李长工。真要动武，矮小瘦弱的矮子根本就不是李长工的对手，李长工出门应战，他就跑了。矮子总是阴魂不散，拿着刀子，鬼影一般跟在他身后。有人提醒李长工："你要小心，矮子要钱没有，要命有一条，他是可以和你换命的。他的命不值钱，你可是有头有脸的人，不要被他伤到了，划不来呀。"矮子成了李长工的一块心病，他像踩到了一摊狗屎，怎么甩也甩不掉。矮子有时会拿着刀子在他家门口叫骂，故意恶心他。李长工的儿子们出去，他就跑了。有时矮子会躲在李长工必经之路的路边，看到他快靠近时，突然跳出来，用刀子指着他，要和他换命。李长工被他弄得魂不守舍，不知道如何是好。他曾拿出一笔钱，让人递给矮子，让他作罢。谁知矮子不买他的账，说不在乎他的几个臭钱，就是要他的命。李长工后悔已经来不及了，噩梦缠身，经常半夜喊着矮子的名字惊醒过来，大汗淋漓。

在家里，泼辣的红毛嫲不停地和李长工闹，这在以前是不可想象的事情，在这个家里李长工就是权威。现在，他的权威受到老婆的挑战和蔑视。李长工在家族里的权威也受到挑战和蔑视，因为矮子也姓李。矮子有更毒的一招，每当李长工与族人在李家祠堂里议事之际，矮子就拿着刀子跳进祠堂的门槛，对着李长工破口大骂，痛诉李长工勾引他老婆的丑事。更要命的是，矮子的老婆也站在了丈夫一边，有时会和矮子一起来到祠堂，夫妻俩像演双簧一样，说着李长工的坏话。有些话不堪入耳，让祠堂里的头头脑脑大跌眼镜。他们在祠堂里吵闹，不光族人知道，外姓的人也围拢在祠堂外面，哄笑着，指指点点，嘀嘀咕咕。这是最让李长工受不了的事情。他走到哪里，哪里都有人在他身后戳他的脊梁骨。李长工体会到了生不如死的滋味。

在那个春天的夜晚，他拿了瓶乐果，独自走出家门，来到空无一人的老屋里，喝下了整整一瓶乐果。第二天早上，红毛嫲发现他不见了，知道大事不好，发动家族里的人去寻找李长工。最后，还是李长工的大儿子，在老屋里找到他已经僵硬了的尸体。李长工一世的好名声，随着他的死，丧失殆尽。而且，这种死法，比他父亲李金水还要糟糕。他的儿女、母亲，还有族人们，包括我，都认为他死得不值。那个叫矮子的人，得知他的死讯，还放了一挂鞭炮。他死后，新人婆婆也郁郁寡欢，不久就去世了。

欲 望

　　高佬是我另外一个堂叔，他的名字叫李灶火，因为他个子高，河田镇上的人们都叫他高佬。老家的每个人几乎都有绰号，绰号成了人们常用的名字，而真实的名字只存在于需要正式书写的地方。我也有绰号，不止一个，小时候，人家叫我呱佬，因为喜欢说话；上小学时，同学们都叫我老四，我常常学着《红色娘子军》里恶霸的爪牙老四，拿着一把木头做的驳壳枪比比画画。老四这个绰号跟随了我很久，就是现在回到故乡，还有同学这样叫我。高佬的身高有一米九几，却很瘦，脸上无肉，颧骨突出，眼窝深陷。就是这样一个看似痨病鬼的人，却常常会爆发出惊人的力量，而且有一颗自由散漫的心。

　　2005年，我在上海电视台纪实频道看到一个纪录片，正讲述闽西一家手工土纸作坊的故事。这部纪录片其实是一曲挽歌，闽西土纸制造业的挽歌，现在基本上没有人手工制造土纸了。因为老家以前有不少做土纸的手艺人，在我的家族里，就有两个造土纸的堂叔，我对这个纪录片特别感兴趣。正看得入神，突然，一张熟悉的面孔出现在我眼中，我叫了声："高佬——"我兴奋地对妻子说："你看，你看，那是我堂叔高佬。"那的确是高佬，虽然七十多岁的人了，但神情没有变，只是背有点佝偻，不像年轻时那么挺拔。更没有变的是他的臭脾气，他在和土纸作坊老板吵架，要不是被人拉开，就要动手了，从他的怒吼声中，还可以感觉到他的力量。

　　记者讲述着闽西最后一家造纸作坊的故事，也讲述着我堂叔高佬的故事。他挑着行李担子离开土纸作坊，走在山路上。记者采访他，他气愤地用客家话说老板是个糟糕的人，诬陷他偷东西，目的是要克扣他的工钱。这是他和土纸作坊老板吵架的原因。记者也采访了土纸作坊的老板，那是个敦实的中年男子，他也十分气愤，说高佬手脚不干净。不过，他还是说了良心话，承认高佬的造纸技术一流，在整个闽西山野都有名的，顶呱呱。高佬以前也在这家土纸作坊做过，因为脾气暴躁离开，这次是老板找他回来的，现在像高佬这样的造纸师傅太罕见了，岂料还是不欢而散。土纸作坊的老板愤怒之余，还是有些感伤，想劝高佬留下来，高佬骂骂咧咧一定要走。

我不知道他要去哪里，闽西的土纸作坊已经很少了，谁还会收留他做土纸？如果不做土纸，他又能干什么？而且那么大年纪了，该回家养老了，在闽西各地的山野漂泊了一生，心还那么野，收不回来。

我们家族中有各种手艺人，比如木匠，比如纸匠，比如石匠等等，奇怪的是，家族中的任何一种手艺人，都是当地手艺人中的佼佼者，都是响当当的大师傅，而且都有个怪毛病，都不愿意收徒弟。高佬是纸匠中的翘楚，闽西做土纸的手艺人，没有不知道他的。

没有一把力气的人，是当不了土纸师傅的，做土纸的任何一个环节，都会把人累个半死。就拿踏竹麻这个环节来说吧，一般的人会望而生畏。什么叫踏竹麻？就是将毛竹砍下来破成竹片，放到装满石灰水的池子里泡，等竹片泡软后，纸匠就跳进池子里，赤脚踩踏竹片，把竹片踩踏成纸浆。一天下来，踏竹麻的人会累得腰酸背痛，双脚也泡得肿胀，甚至开裂。谁也不清楚高佬为什么会去学造纸，而且一做就做了一辈子。他很小的时候，就跟一个土纸师傅上了山，一生靠造纸活命。

　　除了高佬，我还有位堂叔，也是造土纸的高手，也是个喜欢自由的人。他叫毛猴子，我到现在都不晓得他的真名。和他谋面的机会很少，他一直在闽西的山野游荡，居无定所，我离开故乡后，就更难见到他了。他父母早逝，有个哥哥也不管他，他从小就学做土纸，一生没有离开过土纸。他没有高佬活得精彩，人生大部分时光都孤独凄凉。在他三十多岁时，和镇上一个女人结了婚，做了上门女婿，倒插门。也许他和那女人有过短暂的幸福时光。他还是在山野做纸，赚的钱全部交给老婆。好景不长，天有不测风云，有天他临时起意回家，发现老婆和另外一个有妇之夫躺在眠床上。他没有血性，只是默默地抱起熟睡中幼小的女儿，离开了那个家，再也没有回去。

　　他身上仿佛有双重的特质，父性和母性兼备，他就这样独自将女儿拉扯大，最后披红挂彩地将女儿嫁了出去，自己却回归到孤独人生。可以想象，他一边做土纸一边抚养女儿的艰难，女儿是他一生的寄托，也是他终极的爱。

　　1976年之前，纸匠、木匠等手艺人，把手艺当成一种副业，只能在生产队劳动之外的业余时间偷偷地做，否则会被扣上投机倒把的帽子，抓去批斗，还分不到口粮。高佬与众不同，他一开始就拒绝参加生产队的劳动，躲在深山里做土纸。他不要什么口粮，也不怕抓去批斗，他放言能够养活自己，事实也是如此。在这里，必须提一下他父亲。

　　我奶奶在我很小的时候就告诉过我高佬父亲的事情。高佬的父亲在他没有出生前，就参加了红军。那时节，兵荒马乱，国共两方打来打去。奶奶说，家里人都担心他被打死。高佬的母亲挺着大肚子，多次要去找丈夫。她说，这样的日子太难熬了，得把他叫回来。每次走出家门，就被奶奶拖了回来。奶奶说，她这是去找死，自己死了不要紧，肚子里的孩子要是没了，那可是天大的事情。奶奶说，她生高佬时，口里一直喊着丈夫的名字，喊着"回来，回来"。高佬出生后，他的母亲还是记挂着丈夫，盼望他回来，经常泪流满面地说："就是回来看一眼孩子也好呀。"左等右等，就是等不到丈夫回来，她的眼睛都快哭瞎了。

　　高佬满月那天，他父亲拖着枪回来了，大家都很欢喜，高佬的母亲眼睛放光，以为他有了儿子就不走了。谁知道，喝完满月酒，他又拖着枪跑了。不久，传来了激烈的枪炮声，亲属们都胆战心惊，女人们都在大厅的神龛上烧香，祈祷祖先和神佛保佑他平安。亲属们的担心变成了现实，高佬的父亲在离家二十多公里的松毛岭被国民党兵击毙。松毛岭一役打得惨烈，双方都投入了大量的兵力鏖战。高佬父亲所在的部队死守松毛岭，掩护中央红军撤退。最终无法守住松毛岭，打剩下的部队匆忙撤走。这一仗不知道死了多少人，尸横遍野，半年之后，松毛岭松树的树枝上，还挂着死尸上爬出的蛆。

撤退的红军经过河田镇时，乡亲们都站在路边，眼泪汪汪地寻找自己的亲人。看见亲人还活着，激动地哭，没有见到亲人的人们也在哭，那天道路两旁泪水飞扬，哀伤遍地。高佬的母亲在家族中几个女人陪同下，抱着襁褓中的高佬站在路旁，挨个审视着过路的红军，希望在队伍中发现丈夫的身影。队伍过完了，连躺在担架上的伤兵都一一看过了，她也没有发现丈夫，她心里只有一个答案，丈夫死在松毛岭了。回到家里，放下孩子，她就朝松毛岭走去。奶奶问她："你要去哪里？"她坚定地说："我要去松毛岭找他，就是死了，也要将他的尸体找回来。"奶奶点了点头，于是召集了几个族人，一起去松毛岭寻找高佬父亲的尸体。奶奶说，那些尸体一层叠一层，松毛岭充满了死亡的气息。有不少人在找亲人的尸体，哀声遍野。找了两天两夜，他们终于找到了高佬父亲的尸体，他的脸还算完好，就是脖子被子弹打烂了。他们抬着高佬父亲的尸体，回到了河田镇，尸体没有回家，直接在镇子外的五公岭埋了。

高佬怎么也记不起父亲的模样，尽管他们见过一面，父亲也抱过他。每年清明扫墓之际，高佬边铲去父亲坟头的野草，边喃喃地说："死老鬼，也不等我记事了再死，弄得我梦见你，都是面目模糊。以后我要是死了，到阴间怎么找你，碰到了也不认识。"他父亲还算找到了尸体，很多人走了后，就一直没有回来，杳无音信。

1949年后，高佬家成了烈属，每年大年初一，政府的人会送来"光荣之家"的贴纸，还有对联和张贴画，表示慰问。高佬对此不以为然，说，送这东西有个屁用，还不如送两斤肉来吃吃。弄得敲锣打鼓上门的人面面相觑，十分尴尬。我清楚，那些东西年年发，却从没有送过肉给高佬吃。我不知道高佬不顾一切地去做土纸，是不是和他死去的父亲有关。很多人喜欢将那些贴纸和张贴画贴在墙上，高佬不以为然，谁想要就送给谁。有一年，他居然将这些代表光荣和政府关怀的东西送给了一个富农分子。那富农分子如获至宝，将那些东西贴在了家里的中堂上。那年月抓阶级斗争，工作队的干部发现了富农分子家里张贴这些东西，无疑是往自己脸上贴金，不光抓他去批斗，还要他老实交代，从哪里弄来的这些东西。富农分子如实交代了。工作队的人找到了高佬，高佬比他们任何一个人都高出一头，居高临下地对他们说："是我给他的，怎么样，把我的屌咬掉？"工作队的人气急败坏，要捉他去批斗。高佬抄起条板凳，怒吼道："你们谁敢动，只要动我一根毫毛，我就让你们死在这里！"那些人只好悻悻而去。

高佬总是冒犯权威，这让我十分佩服，小时候，我就想，长大后要像他那样威风。

有一年，强行清理在外搞副业的人，高佬也被列入了黑名单，大队派了两个民兵去抓他回来，结果，人没有抓回来，那两个年轻力壮的民兵却鼻青脸肿地跑回来了，说高佬不但不回来，还暴怒地打了他们。大队书记十分愤怒，因为高佬冒犯了他的权威。他们知道，高佬逢年过节都会回家，等到端午节那天，大队书记带了几个人，荷枪实弹地到了高佬家，要抓他走。狂暴的高佬不肯就范，号叫着："你们有本事把我当场枪毙，要抓走我，没那么容易。"我们家族的人很多，都拿着柴刀扁担上前阻止他们。大队书记见势不妙，只好带着民兵走了。事情并没有就此结束，大队书记找到了我们族里一个德高望重的老者商量，想出了一个折中的办法，就是让高佬还是去做他的土纸，但是每年要象征性地给生产队交一点钱，算是生产队派他出去给集体搞副业的。刚开始，高佬不同意，说他自己辛辛苦苦赚的钱为什么要交给集体。老者说，不交会有大麻烦，这个结果还是因为他们看在你是烈属的分上妥协的。话说到这里，高佬就默认了。高佬经常在喝醉酒后骂大队书记，还骂他从未谋过面的死鬼父亲，当初扔下他和母亲去当什么红军。他的话和我所受的教育是格格不入的，令人惊骇。

高佬有个毛病，就是好色。高佬好色是小镇上众所周知的事情。他总是用色眯眯似笑非笑的目光打量女人，年轻女人碰到他都躲着走，上了点年纪的女人会骂他，无论怎么骂他，他还是那种表情。我们都晓得，他在外面有过许多女人，每到一个地方做土纸，都会傍上一个相好的。他老婆知道他的所作所为，就是拿他没有办法。要是说他，他就会暴怒，拳脚相向。我们家族的人，在这一点上，都瞧不起他，他无所谓，一直活在自己的世界里。

有一年，他在山上纸寮里做土纸，雇了个女人当帮手，那个女人的丈夫在外地修铁路。那个女人和他在一起日久生情，他也寂寞，又好这一口，就和她睡在了一起。白天一起做纸，晚上就在一张眠床上翻滚。女人本来每天傍晚都要回家，公公见她几个晚上没有回家，就到纸寮里去找儿媳妇。老头见他们俩搂抱在一起亲嘴，知道发生了什么。老头还是很有心机的，没有当场给他们难堪，悄悄地往回走了一段路。他唱起了山歌。女人听到公公唱山歌，马上就推开了高佬。她迎了上去，见到公公，笑着说："家公，你怎么来了？"老头皮笑肉不笑地说："来看看你，几天都没有归家，是不是发生了什么事情。"女人说："没事，没事，我好好的。"老头说："家里有老有小，你也该回家看看。"女人说："这几天忙，活都干到天黑，路不好走，就没有回去。"老头说："哦，哦，原来是这样，那我就放心了。现在活干完了吗？"女人说："干完了。"老头说："那跟我归家吧，明天早上再来。"老头的话不容反驳，女人只好跟他回家。

第二天傍晚，女人对高佬说："高佬，我得回家去了。"

高佬说："别回去了，昨天才回去，你走了，我一个人孤单。"

女人面露难色："我们还是算了吧，你也不可能娶我，你有老婆；我也不可能跟你走，我有老公和孩子。我也陪过你了，味道你也尝过了，我们还是断了吧。我感觉我家公发现了我们的事情，在没有被他们抓住把柄之前，我们还是断了好。重活也干完了，你收好纸，就可以走了，我明天也不来了。"

高佬二话不说，就抱住了她。女人挣扎道："不要了，要是被人看到，会被打死的。"

高佬不管那么多，就把她弄到了床上。两人在床上翻滚完事之后，天已经黑了，鸟儿都归巢了，停止了鸣叫。女人执意要回家，高佬无奈，只好让她走。她走出一段路，回转来说："高佬，天麻麻黑，我一人走夜路害怕，我家公说了，如果天黑要回去，让你送我。"

高佬打着手电筒送她回家，一路上拉着她的手，他们的手都捏出了汗。他们什么话也没有说，默默地行路。高佬没有想到一场灾祸在等待着他。

女人的公公当然知道了他们的事情，心里压不住愤怒，而且知道，只要女人摸黑回家，高佬一定会送他。基于高佬人高马大，而且打架出了名地凶狠，要明火执仗上纸寮修理他，不见得能占什么便宜，有可能自家人会被他打伤。他就想了一个主意，在半路伏击高佬。高佬和女人走着走着，就掉进了一个陷阱。一下子出现了十几个男人，为首的就是女人的公公。老头吩咐族人将女人拖起来，然后拿乱石往陷阱里砸下去。女人吓坏了，蜷缩在一棵树下，瑟瑟发抖，想喊叫也喊不出来，一个男人看住了她，跑也跑不掉。她以为公公会让族里的年轻人将高佬打死，那是条人命呀。

老头手中举着火把，见高佬被打得血肉模糊，奄奄一息，就让那些人收了手，带着儿媳扬长而去。要不是一个猎人救了高佬，他可能就死在陷阱里了。高佬从来没有被这样暴打过，不仅皮肉受了伤，五脏六腑也有了内伤。此处纸寮待不下去了，休养了几天，等收购土纸的人上山挑走了土纸，就灰溜溜地回河田镇的家中养伤了。

那时我才八岁，见到被打得不成人形的高佬回来，我觉得特别怪异。他那么厉害的人怎么会挨打？我以为他可以横

行世界的，看来真的是强中还有强中手，我对河田镇以外的
世界第一次有了恐惧感。

　　高佬的老婆是个很好的女人，叫吴嫲子。她在我记忆
中，是个温顺的女人，长得有些富态。她的脸总是十分饱
满，像圆月，不过，没有圆月那么白，她的脸有点黑，嘴唇
也似猪肝的颜色。他们的卧房紧挨着我奶奶的卧房，那段时
间，我和奶奶睡，他们说话的声音和干那种事情的声音，我
都能够听见。老屋的房间和房间之间都是用木板隔开的，根
本就不隔音。高佬回来的那天晚上，我睡不着，一直在听他
们说话。

　　吴嫲子说："你这身伤是被谁打的？"

　　高佬说："我怎么会被人打，是摔的，走夜路不小心掉
到山坑里了。"

　　吴嫲子说："你不要骗我了，分明是被打的。掉到山坑
里会摔断手脚，不会弄成这样。"

　　高佬说："我说掉山坑里就是掉山坑里了，你啰唆什
么。"

　　吴嫲子说："好，好，我不啰唆。你要是死在外面，我
和孩子怎么办？"

　　高佬说："我有那么容易死掉吗？就是我死了又怎么样，我爹那么早就死了，我妈还不是照样把我养大，还养得比别人高大。"

　　吴嫲子说："我说不过你，你死也好，活也好，得讲良心。你不能光顾自己，要想想我和孩子们，我们是一家人。一家人在一起，无病无灾，比什么都好。你只要一出门，我就担心，担心你的死活。"

　　高佬说："我痛，不要说了，都痛死了，你还啰里啰唆。"

　　吴嫲子说："再给你擦点药。"

　　高佬不说话了。

　　高佬伤好后又走了，还是我行我素，继续做他的土纸，继续寻找相好的女人。也许女人是他这一生唯一的爱好和寄托，他和每个女人相好，都会留下那个女人的一件东西，一绺头发或者一条底裤，还有梳子什么的，甚至还有月经带。逢年过节，他还是会回来，和家里人一起过。每次回家，他都要把卧房门反锁起来，从床底下拖出个木箱，开了锁，将从相好的女人那里拿来的东西，放进箱子里。

　　有次回家，吴嫲子要和他做那事，他一点兴趣都没有。

于是，两个人在床上就吵起来了。他将吴嫲子打了一顿，她整个晚上都在哭泣。高佬对哭泣的老婆不管不顾，自己呼呼大睡，呼噜声山响。第二天一大早，哭了一夜的吴嫲子从床底下拖出那个木箱，抱着木箱就走到了老屋的大厅里，呼天抢地地号叫。高佬还在沉睡。大家都被吴嫲子的号叫声吵醒了，纷纷起床，来到大厅里看个究竟。吴嫲子对着族人，也不要脸皮了，哭诉道："叔伯兄弟，婆婆婶婶，你们要给我做主哇。"王毛婆婆对她说："有什么事情好好说，别呼天抢地的，像是死了人。"我奶奶也说："对呀，好好说，到底发生什么事情了？"她女儿带着两个弟弟站在她身后，拉着她的衣摆，让她不要再吵了。吴嫲子真的豁出去了："高佬不是人，我对他那么好，他还在外面嫖女人。"大家围住她，像看猴子耍把戏。王毛婆婆说："你说他在外面嫖女人，有什么证据吗？"

吴嫲子一把鼻涕一把泪地说："有，有。"说着，她将高佬收藏女人东西的箱子当众砸开，大家看到里面放着很多女人的底裤和头发，还有各种各样女人用过的东西。我也跑过去看热闹，那时我还小，只是觉得奇怪，他收藏那些东西干什么？吴嫲子哭喊道："大家看看，这是些什么东西，他在外面到底有多少女人。我不想活了，不想活了。"大家目瞪口呆，这真是绝无仅有的事情。高佬气呼呼地走出房间，来到大厅里，一脚把老婆踢开，抱着那个箱子回他的房间里去了。他老婆在大屋的大厅里号啕大哭，家族里的女人们都在劝慰她，骂着高佬，都说他不是人，是猪狗不如的东西。

吴嫲子真寻过死。高佬在一次和她吵完架后，找人喝酒去了。那是我上小学四年级的时候，那天是端午节过后的第三天，下午放学回家，我回到卧房，准备做作业，忽然闻到一股浓郁的乐果的味道。高佬的女儿和家族里的大人们都下地劳动去了，生产队还没有收工。高佬的两个儿子都还小，在下厅和几个小孩在玩四角板。我感觉到了什么，那年月，经常会有想不开的人，喝乐果自尽。想到这里，我特别恐惧。我敲了敲她的房门，没有人回应。我赶紧找人，看到高佬的两个儿子，我问他们："你们的妈妈是不是没有出工？"高佬的大儿子说："是的，我妈和我爹吵了架，在房间里睡觉。"我说："赶快去叫你爹回来，你妈喝乐果了。"他听了我的话，大惊失色，狂奔而去。我找到了王毛婆婆，她和我来到门口，苦口婆心地劝吴嫲子开门。不一会儿，高佬急匆匆地赶回来，脸很红，浑身酒气。他飞起一

脚，踢开门，抱起口吐白沫的吴嫲子，出了门，朝卫生院狂
奔而去。吴嫲子的命被救回来了，她以为高佬奋力救她，是
回心转意，可是事与愿违，他们的感情彻底破裂了。第二天
一大早，高佬就走了。从那以后，他们就没有同过房，形同
陌路。吴嫲子也不管他了，也不会为他流泪了，更不会去寻
死觅活了。传说吴嫲子也找了个相好，我不相信，因为那个
相好似乎是虚幻的，没有实证。

　　高佬六十多岁的时候，土纸作坊穷途末路，他只好待
在家里。有人请他去做土纸，他就去，没有的话就哪里也不
去。那段时间，他和家里的关系有些缓和，尽管没有和吴嫲
子同房，还是一口锅里吃饭。女儿也嫁人了，两个儿子也长大
了，娶妻生子。他不是那种好吃懒做之人，田头地尾的活也
做，还帮家里喂猪带孩子什么的。吴嫲子早已经不和他吵架
了，也没有什么话说，日子平淡如水，一家人相安无事。床底
下那个木箱子也不见了踪影，不晓得高佬将它藏到哪里去了，
也许被他扔到汀江里了。如果真的被他扔到汀江里，谁要是捡
到这个木箱子，打开后，发现那么多女人的物件，很难想象
那人会是什么样的表情。不过，我还是相信他没有扔掉那个
木箱子，他怎么舍得呢，那是他一生生动的过往。木箱子里

的东西，会让他在回忆过去的时候，觉得自己非常非常了不起，仿佛是战神。那些在岁月的风中消失的女人们，她们的面容、笑语，她们的肉体，都那么不真实，犹如梦幻。

高佬的一生，也许就是个梦幻。

在家里待了两年多，一家人平平静静。吴嫲子开始给他笑脸，以为他老了就收心了，只要他不闹出什么事情，一起度过晚年，也是他们的福报。谁也没有想到，高佬那颗骚动的心根本没有平息。他还是会在空闲之际，坐在河田镇的镇街旁边，看来来往往的女人，眼睛里充满了情欲之火。他的目光粘在了一个五十多岁的女人身上。那个女人叫秀。秀总是一副病恹恹的模样，却保养得很好，脸又白又嫩。那时，秀的丈夫跑到外地去了，据说在外地有了女人，并且同居在一起，很长时间没有归家了。秀对他也死了心，两个儿子都长大成人，大儿子在县城里做生意，小儿子考上了大学，有了出息。她独自一人在家，忍受不了寂寞，也禁不住高佬的勾引，就和他搞在了一起。

这是我知道的他在河田镇上唯一的一个相好，有人说他鬼迷心窍，怎么吃起窝边草来了，说他不是人。他永远不在乎别人的评价，依旧我行我素。他堂而皇之地搬到秀的家里去住了，和自己的家庭彻底决裂。吴嫲子和两个儿子对他的行径十分愤怒，看来他是死不改悔，要一条道走到黑了。吴嫲子和两个儿子威胁他，说他以后再也不要踏进家门了，他的死活他们也不会管了，死了也不会有人给他送终。高佬觉得他们的话特别好笑，回应他们的是些鬼话，他说，自己从来也不需要谁照顾和同情，就是死了，烂在眠床上，也不要任何人收尸，他只要活着时快活就可以了。

后来，秀也不要他了，她的儿子接她到大城市里一起住了。秀走后，他神伤了好久，他已经七十来岁了，孤身一人，再没有女人和他相好了。宁化县的山区里弄了个什么土纸作坊，有点保留土纸手艺的意思，有人找到了他，让他去那里做土纸，并且授业，教些徒弟，将做土纸的手艺传承下去。他去那里待了两个多月，碰到上海电视台去拍纪录片，就在那几天里，他和老板产生了摩擦，最终离开了土纸作坊，他的手艺也没有传给别人，注定要带到坟墓里去。

他是我们家族所有手艺人中，唯一被影像记录下来的人，就是在多年以后，还会有人在那部纪录片中看到他的身影。现在，他已是八十多岁的人了，不知道老了有没有人给他送终，总之，他的自由是用一生的落魄作为代价的。

赌　瘾

　　李七水是我亲叔，年轻时是个健美的汉子，三伏天总是赤膊下田劳作，浑身上下被毒日头晒得黝黑光滑，胸肌和腹肌十分明显，手臂和腿部的肌肉也像铁块一样，充满了力量。那是我童年时眼里的亲叔，如今的他，早已变了模样。十几年前，他中风留下了后遗症，一条腿走路不方便，说话也不像从前那样大嗓门了，甚至不太流畅。

　　每次回乡省亲，我都要去看望他。他有时在家，有时不在。在家时，基本上躺在床上睡觉，我来后，他会起床。看着苍老疲惫的亲叔，我心里有些难过，和他拉扯一些过去的事情，然后给他几百块钱。我把钱递过去，他的脸色灿烂起来，眼中燃起兴奋的火苗。他看了看门外，轻声说："阿闽，你给我钱的事情，千万不要告诉你婶婶。"我点了点头。我心里清楚，只要让婶婶知道，这几百块钱很快就会被收走。以前给他钱，他拿到钱就去赌，婶婶深知他的恶习，不会让钱过他的手。婶婶也一再叮嘱我，不要给他钱，可是我做不到，他是我亲叔啊。现在他就是去赌，我也不会有意见，他现在就是个等死的废人，没有什么爱好，如果那几百块钱能够给他带来短暂的快乐，去赌赌又何妨呢。

李七水什么时候染上赌博的恶习，我不清楚，只记得那年他因赌博被抓，才知道他喜欢赌博。李七水这一代人，被"文化大革命"耽误了，读书读到初中就停了下来，去串联了。他对我讲过那段时光，眼睛里闪动着光泽。在他的记忆中，串联是他一生中最闪光的事情，和几个同学，举着一面红旗，走出了河田镇，在县城里坐上汽车，去了永安，又从永安坐火车去了福州，到大城市里开了眼界。那时，坐汽车坐火车都不要钱，在福州，还有地方吃饭，重要的是，他觉得自己是个革命青年，对未来充满了希望。当时，他以为未来的生活都是这样的，热热闹闹，到处串联，不必种地。一场痢疾让他停止了串联，其实就是不得痢疾，串联也很快就结束了。他还是灰溜溜地回到了河田镇，该干什么就干什么，革命真和他没有什么关系。回到河田镇后，他觉得十分沮丧，总是打不起精神。也许就是在那段沮丧的日子里，他迷恋上了赌博。

奶奶实在看不下去了，就让他去学了一门裁缝手艺，还买了台缝纫机。问题是，他也不好好做裁缝。那时人们都贫苦，平常时节也没有人找他做新衣服，那台缝纫机长时间闲置在厅堂的一角，只有到了年关，镇上的人准备过年了，才有人找他做新衣服。那时李七水没有和我爹分家，我们家由奶奶主持，他做裁缝赚的钱要上交给奶奶贴补家用。他会偷偷留点钱，也就是一两元钱。他留下来的钱，有两个用途，一是给我买点糖吃，另外，就偷偷地去参加赌博。

李七水有裁缝的手艺，也会做豆腐，在河田镇，有双手艺的人不多，尽管他两门手艺都不精，但说出去还是会让人觉得蛮厉害的。他的农活应该也做得不错，人又长得仪表堂堂，所以，说门媳妇还是比较容易的。奶奶托人给他找了个老婆，是南山塘村的陈玉兰。我玉兰婶婶的父亲是吃商品粮的，母亲勤俭持家，所以她的家境比较好，玉兰婶婶嫁到我们家，受了苦。那时我还小，是个馋鬼，见到好吃的东西，眼睛就发出绿光。有一次，家里请玉兰婶婶的父母兄弟到家里吃饭，没有让我上桌，我躲在一旁，看着桌子上的菜，心里有只虫子在钻来钻去，口水直流。每端上一盘菜，都会剩下一点。我看到一盘芋子糕剩下了两块，我忍不住了，走上前，伸出手，抓起一块芋子糕就往嘴巴里塞。桌上的人看我狼吞虎咽的样子，都笑了。玉兰婶婶的父亲十分慈祥，将另外一块芋子糕用筷子夹给我，我伸出手抓住了那块芋子糕。正好我妈从厨房里端菜出来，看到了我，她脸色变了，将菜放在桌上，就将我拖到没人的角落，在我屁股上狠狠打了几下，生气地说："太丢人现眼了，你是饿死鬼投胎呀，你这样会被人看轻和笑话的呀。"我哭了，哭得惊天动地。李七水闻声过来，抱住了我，心疼地说："阿闽不哭，我买蛇糖给你吃。"我不晓得玉兰婶婶的娘家人有没有瞧不起我，反正，后来只要他们来作客，我都躲得远远的，怕他们笑话我，我心里也十分羞愧，这样的心态始终陪伴着我，直到我长大成人。

的确，如果不是那次赌博被抓，我还真不知道我亲叔李七水好赌。

那是1972年春天的一个夜晚，李七水和几个赌徒在老赌鬼保斗子家里赌博。保斗子家是赌窝，他不光自己参加赌博，还抽头，赢家都要给他钱，因为他提供了场所、赌具和茶水，高兴了，还会让他老婆起床煮点心。保斗子夫妻俩都是六十多岁的人了，没有儿女，靠赌博为生。因此，他也多次被抓去批斗，他是个屡教不改的人，一直和政府对抗。我印象中的保斗子，眼睛是阴森森的，每次路过他家门口，我都不敢和他对视，我从来没有和他说过话。那天深夜，他们赌得正酣，公社治保主任带着荷枪实弹的基干民兵包围了保斗子家。

民兵们撬开门闩，冲进保斗子家。保斗子赶紧吹熄煤油灯，喊了声："大家快逃。"赌鬼们在黑暗中伸手去抓桌上的钱，乱成一团。结果，除了李七水一人逃脱，其他人全部被抓。治保主任用一根很长的绳子，把他们绑成一串，押回公社去了。李七水的逃脱，和他的机灵有关，而且他最年轻，脑袋转得快，在他们抓钱的时候，他就溜进了保斗子老婆的房间，不顾一切地钻进了保斗子老婆的被窝。保斗子的老婆睡得像死猪一样，根本就没有理会藏在她被窝里的李七水。有个基干民兵打着手电筒进了房间，闻到房间里有一股奇怪的臭味，没有仔细搜查，就走了。等赌友都被押走后，李七水才偷偷回家。事后，他说，保斗子老婆很脏，房间里像茅坑一样臭。

李七水以为躲过了一劫，暗自侥幸，第二天还若无其事地和生产队的社员们一起出工。晌午时分，公社治保主任带着几个基干民兵，来到李七水劳动的田里，吆五喝六地指使基干民兵当着众社员的面，把他抓走了。后来，李七水才晓得，是被抓的一个赌友把他出卖了。公社对这些赌鬼，采取的惩罚手段是送他们去修水库，做义务工。所谓义务工，是没有工钱，也没有工分的，就是白干。没有工分，意味着年终时，要少分口粮，这种惩罚在当时十分残酷。修水库，李七水他们干的是搬石头的重活，一天下来，累得筋疲力尽，屎都屙不出来，加上没有工分，心理打击沉重，三个月的义务工做下来，李七水脱掉一层皮，瘦了十多斤，眼睛都陷下去了。看着他黑黑的深陷的眼窝，我心里怪不好受的。他也许是怕我瞧不起他，也可能觉得赌博是恶习，不想给我当坏榜样，他告诉我，他是冤枉的，他当时没事干，睡不着觉，去保斗子家看热闹。

做完义务工回家，我奶奶给他做了一碗荷包蛋，他边狼吞虎咽地吃荷包蛋，边听我奶奶的数落。我爹蹲在一旁，面无表情地保持沉默。我望着他碗里的荷包蛋，吞咽着口水，那年月，荷包蛋多么金贵。他抬头看了看我，留了半个荷包蛋给我吃，其实，亲叔一直对我很好。他不在乎奶奶的唠叨和训斥，在乎的是他老婆。我玉兰婶婶因为他被抓，一气之下，回娘家去了。我吃完荷包蛋，他对我说："阿闽，走，跟我去接你婶婶回来。"我就跟着他走了。

婶婶的娘家在离我们河田镇五公里的南塘村。我走累了，亲叔就背着我，好不容易来到了婶婶的娘家。玉兰婶婶见到他，又哭又骂，她妈妈则在一边劝和。李七水这一生天不怕地不怕，就是怕老婆，他又是承认错误，又是嬉皮笑脸地哄她，最后，我们还是把婶婶接回了家。打那以后，李七水很长时间没有去赌博，最起码，我没有听说他去赌过。

因为分家，还有一些鸡毛蒜皮的事情，婶婶和我妈一直有芥蒂，两人不和，有时会吵架什么的。好在女人吵架，男人们不掺和，我爹和亲叔关系还可以。叔叔婶婶对我也很好，有什么好吃的，总要给我留点，我父母对亲叔的孩子也这样，我们几个堂兄弟，并没有因为她们的不和而分裂，感情一直不错。

李七水的赌瘾并没有改掉。分田到户之后，生活慢慢好了起来，他又开始赌博了。因为婶婶掌管着财政大权，他没

有钱去赌，又忍不住，就背着婶婶借钱去赌，赢了钱自然皆
大欢喜，输钱那就惨了。有一次，李七水一晚上输掉了三百
多块钱，因为还不起赌债，债主带着人找上门来了。这时婶
婶才知道，他又赌上了。那是20世纪80年代初期，三百块钱
可不是小数目，婶婶所有的积蓄加起来，也没有那么多钱。
债主要把亲叔家的那头两百多斤的大猪抬走抵债，婶婶死活
不让他们把猪抬走。我爹也不让债主把亲叔家的猪抬走，和
他们僵持着。实在没有办法了，亲叔知道债主家正在建新
屋，就提出来，去帮债主家做小工，抵偿赌债。债主觉得把
猪抬走是件困难的事情，就答应了李七水的提议。李七水就
这样，给债主家做了几个月的小工，直到债主的新屋建成。
婶婶没有回娘家，因为儿女都在上学，不能一走了之，但架
没有少和我亲叔吵。亲叔的确怕老婆，又好了很长一段时
间，没有去赌博。

　　20世纪70年代后期，李七水学会了贩卖粮食。那时还没
有完全放开，不小心被抓住了，还是会受到惩罚，最起码要
没收粮食。起初，他到处去收粮票，将粮票积攒起来，到了
春天青黄不接时，将粮票高价卖出去，这样也能够赚点钱。
粮票渐渐地没什么用了，他才想到去贩卖粮食。他拉着板

车，到各个圩场，从赶集粜谷的人那里将稻谷收购回家，囤积在谷仓里，同样是等到来年春天青黄不接时，将谷子在圩场高价卖出，赚些差价。那时候，像他这样的人不多，他的生意还算不错。后来，贩卖粮食的人渐渐多起来，生意就惨淡了，没有什么钱可赚了，加上分田到户后，人们的日子好起来，不缺粮食了，他就不做贩卖粮食的生意了。贩卖粮食赚了些钱，不知道他有没有去赌过，我参军后，有些情况就不知道了。

　　只是听说，他又去养猪崽卖了。对于广大人民来说，粮食的问题解决后，猪肉的价格上来了，猪崽的生意特别好，每家每户都要养猪，政策变化，鼓励大家发家致富，养猪也是个途径。李七水还是有点商业头脑的，他就到江西——猪崽比较便宜的地方，去收购回来，拿到镇上集市的猪行里去卖。他收购回来的猪崽都很好养，名声就传出去了，没有到圩天，猪崽等不及拿到猪行里去，就有不少人到他家里来买猪崽。我父亲说，叔叔那段时间十分风光，走起路来都特别神气。他和玉兰婶婶的感情也越来越好，儿女们都在长大，生活过得不错。后来，做猪崽生意的人也渐渐多了起来，什么事情，只要有钱赚，人们就会一窝蜂地效仿，加上李七水从江西贩回来的一百多只猪崽，放在家里不到两天，就死掉了好几只。心眼不好的人，就传出了风声，说他家的猪崽得了猪瘟，就没有人上门来买猪崽了，拿到集市上，也无人问津。他心里感到了恐惧，这些猪崽要是卖不掉，要大蚀老本。要不是玉兰婶婶的母亲想了个办法，鼓动南塘村的人过来买走，他们将一夜回到解放前。当然，这批猪崽也没有赚钱，便宜卖掉，保住了本而已。这次教训，让他不再从事卖猪崽的生意。

其实，一个人要是染上了一种恶习，是很难改掉的，就像狗改不了吃屎。我亲叔李七水也一样，他改不了赌博的恶习，幸运的是他碰上了能够管住他的老婆，否则，他现在会怎么样，真的难以预料。反正，镇上的那些赌鬼，没有几个有好结果的，不是家破，就是人亡。亲叔的家没有破，还把四个儿女拉扯大，儿女们对他也还算孝顺，遗憾的是到老年时中了一次风，让他常常感到生不如死。

他的中风，让我想到了我爷爷。爷爷中风，下身瘫痪，那段难熬的日子历历在目。我十分担心叔叔会像爷爷那样，不过，现在的医疗条件比以前好了很多，他没有瘫痪，只是走路有点困难，说话有些障碍，生活基本上能够自理。我小堂弟和他住在一起，承担起了赡养他和玉兰婶婶的义务，照料得还算周到，没有什么大的问题。问题是，没有生活负担后，他还是一想到赌博，心里就怪痒痒的。我的大堂弟在龙岩工作，逢年过节回家，会给他点零花钱，我弟弟们有时也会给他点钱。兜里有了几个钱，他就会溜出家门，一瘸一拐地去有人赌博的地方，加入战斗。

李七水的赌运并不好，他似乎从来没有赢过，从年轻到年迈，都是输家。我不晓得他到底是什么心理，纵然每次都将钱输光，仍无法让他下决心戒掉这个恶习。有一次我回乡探亲，他偷偷告诉我，多年来，他根本就没有戒掉过赌博，藏了些私房钱，拿去赌博，幸好没有让玉兰婶婶发现。他学会了见"好"就收，输掉了钱就跑回家，没有赌债，人家也不会找上门来。他说，如果有段时间不去过过赌瘾，心里就会很难受，会莫名其妙地抓狂，发脾气。玉兰婶婶总是不让我们给他钱，因为担心他会拿去赌。玉兰婶婶这一生，最恨的就是赌博，经常告诫堂弟们，不要去赌博。她以为李七水中风后收敛得多了，那次在镇上某个人家里赌博，差点出了人命，她才晓得丈夫故态复萌。

那是个下午，李七水走出家门，来到一户人家。那家人像当初保斗子那样，在家里放了好几张麻将桌，供赌鬼们赌博，也有扎金花、斗骰子赌博的。那天，我大弟弟刚刚给过李七水三百块钱。他站在一张麻将桌前，眼睛发出绿光。玩家们发现了他，有个人说："李七水，又有钱拿来输了？"李七水笑笑："你怎么晓得我会输？"那人说："你什么时候赢过？"李七水的脸上挂不住了："你让开，让我玩几把，看我会不会输。"那人赢了钱，正要找借口开溜，就装模作样地说："去去去，我今天手气好，别影响我赢钱。"李七水心里发痒，手也发痒，笑着哀求道："你就让我玩几把吧。"那人打完一盘麻将后，装得极不情愿的样子，站起来，将位子让给了他。没有几把，他那三百块钱就输得精光，他站起来就要走。另外三个人叫住了他，不让他走，说他走了就三缺一了。这时，让位给他的人早不见了踪影。他急了，如果再玩下去，兜里没有钱，就要欠赌债了，怎么向老婆交代？而且，老婆一旦发现他恶习不改，扔下他不管不顾，他就完了。无论如何，不能再玩下去了，他站起来就要逃。有个人脾气火暴，也站了起来，一把拉住了他："你不能走。"两人相互拉扯着，李七水火冒三丈，他一发火就倒在了地上，这可把其他人吓坏了，要是李七水死在这里，他们都有责任，他们就急急忙忙地将李七水送进了医院。好在送医及时，李七水没有什么大碍，否则就要了他这条老命了。玉兰婶婶气得半死，等他出院回家后，就恼怒地对他说："李七水，你要是再去赌博，我就不会再管你了，我让儿女们也不再管你了，你自己一个人过吧。"这也是玉兰婶婶让我们不要再给他钱的原因。

　　我每次回乡探亲，还是会偷偷给他些钱，也会给玉兰婶婶钱，好让玉兰婶婶觉得我没有给李七水钱，只是将钱给了她。有一次，我问他，你为什么戒不了赌？已然这样了，还要去赌。他说，只是玩玩，看到别人玩，心里很难受，没有办法。因为他至今还会去赌，家里没有人再给他钱了，他痛苦万分。我对他说："你最好还是不要去玩了，有什么意思呢？"他笑了笑："你不知道。"我说："我不知道什么？"他说："你就是不知道。"我猜测，他是说我不理解他内心的想法，就像我无法停止写作一样，他也完全戒不掉赌瘾。我说："你实在想玩，不要去那些地下赌场，第一，赌输了，你自己心里难受，要是被派出所的警察抓住了，也没有什么意思。你若实在想玩，就去找那些玩得小的，以娱乐为主的人玩玩，输赢也没几块钱，也算过瘾了。"他点了点头。我给他点钱，让他去玩玩，对他也是种安慰。不过，他有没有听我的话，我就不得而知了。我希望他活得长久些，晚年幸福点儿，毕竟他是我的亲人。

野风吹过

　　我的堂叔很多，大目养是其中的一个，也是和我接触最多的堂叔。他的真名叫李文养，因为长着一双炯炯有神的大眼，大家都唤他大目养。因为家贫，大目养没有读过书，少年时学了泥水匠的手艺，赚钱养家糊口，照顾母亲和弟弟。

　　大目养一家住在我家后面的小泥屋里，那是一座低矮的小泥屋，只有一个小厅和三间房，他们一家三口住着。我上高中的时候，经常可以听到小泥屋里传来划拳行令的吆喝声，那是大目养和他的朋友们在喝酒。20世纪80年代初，是大目养人生最辉煌的时节。他带了个工程队，到处去建房子，赚钱容易些。和他一起喝酒的有包工头，也有他铁杆的泥水匠兄弟。我这个人从小就嘴巴馋，闻到香味，脑海里就会产生无边无际的关于吃喝的想象，那时生活比较困难，喝酒吃肉也不是那么随便的。我经常会到大目养家，看他们喝酒猜拳，大目养从来没有把我当小辈，常常让我和他们一起喝酒吃肉。

于是，我产生了一种幻觉，觉得和大目养一样做泥水匠也不错，可以吃香的喝辣的。所以，那年我没有考上大学，心里长满了野草，就跟着他去做工了。我们到离家乡河田镇几十公里外一个叫张地的山村里做工，给张地村建一栋三层楼的村部。张地村在偏僻的大山之中，环境虽然十分优美，但很艰苦，走出二十多里的山路，才能够坐上通往县城的班车。干了几天后，我才知道做泥水匠的辛苦，每天晚上，腰酸背痛，手足僵硬。大目养的钱赚得并不容易，他虽然是包工头，但是也和我们一样起早贪黑，辛辛苦苦干活，丝毫不敢怠慢。其实，他自己也是重要的工匠，他还要承担责任，比如哪里做得不好，就要被那个凶恶的村书记训斥。他向村书记要点工钱，还求爷爷告奶奶的，他低三下四的样子，让我心里难过。

大目养身材高大，是很帅气阳刚的那种汉子，在我们面前表现出男子汉的气概，人也和善，通情达理。可是，每当我看到他眼中流露出的那种无奈和落寞，我心里就会隐隐作痛。那时，他都快三十岁了，还没有讨上老婆。我知道他母亲找媒人给他介绍过几个姑娘，那些姑娘对他的相貌没有什么意见，就是嫌他家房子破，家穷。因此，他和母亲经常吵架，母亲说他赚的钱都吃喝光了，他不同意母亲的说法，因为他把钱都交给母亲了，就是我记忆中的那些吃喝，也是他的朋友们买来的酒菜，他很少掏钱。其实，他赚的钱并不多，交给母亲养家和供弟弟上学，一年下来也没有什么积蓄，家还是穷家。我曾经好几次对他说："养叔，你给别人建了那么多房子，怎么就不给自己家里建一幢房子呢？有了房子，就会有姑娘嫁给你了。"他苦笑着说："难哪，苦日子不晓得何时才能熬出头。我们是出苦力的人，要赚到盖房子的钱，不知猴年马月。"

我很清楚，他喜欢女人，但是没有办法。我窥视过他看那些年轻姑娘的眼神，充满了某种欲望。镇上有一些不好的传闻，说他经常在夜里偷看女人上茅房。我不是很相信，但那些传言说得有鼻子有眼，我心里还是七上八下的，仿佛在夜里偷看女人上茅房的是我。有个晚上，我下了晚自习回家，路过一间茅房时，看到茅房里有马灯的亮光，听到里面有个女人在咒骂："短命鬼，断子绝孙的短命鬼。"我听出了是小媳妇凤兰的声音。我就在茅房外面问："凤兰，你在咒谁?"凤兰说："阿闽呀，和你没有关系，我咒的是那偷看我屙屎的短命鬼。"我笑了："到底是谁呀?"茅房门开了，凤兰提着马灯走出来，气呼呼地说："还有谁，不就是大目养那个短命鬼。"我说："怎么可能，他人呢?"凤兰说："怎么不可能，他趴在门口地上，从茅房门底下看进来的，被我发现后骂跑了。"我说："他为什么要偷看你?"凤兰说："我看他想女人想得发癫了。"我走到大目养家门口时，看到他和两个工友在喝酒，脸红耳赤地说着什么。我不相信他偷看凤兰上茅房，就走了进去。他邀我一起喝酒，我说："不喝。"我问他："养叔，凤兰说你偷看她。"那两个工友不说话了，大目养有些尴尬，笑了笑说："我偷看她做什么，她那底下又不是金子做成的，又不会发亮。"那两个工友哈哈大笑。我默默地回家去了。除了听说他偷看女人上茅房，别的更加出格的事情并没有听说，于是，我选择了相信他的话，但心里还是怪怪的，只要碰到凤兰，就会想到她在那个夜晚的咒骂。

和大目养在张地村做工，并没有发现他对女人有什么不轨行为。女小工有几个，都是年轻姑娘，那些师傅在干活时，会和她们开玩笑，说些不咸不淡的话。女小工们反唇相讥，他们就哈哈大笑。大目养神情严肃地说，你们别闹了，好好干活。那时，我觉得他还是蛮正直的。

有一天大目养说是去县城里办事，三天后才回来。他带回来了一个女人。那个女人身高一米六五的样子，身形瘦弱，脸很白，长得挺秀气，看上去三十好几了，工人们私下里说，这个女人比大目养年龄大。我相信工友们的说法，可我没有因此而对她或者对大目养有什么看法。事实上，他们十分恩爱，女人温柔如水，对大目养也很体贴，那段时光，是大目养最幸福的时光，从他的眼神中就可以看出来，少了往常的无奈和落寞。女人刚刚来到工地时，大目养告诉工友们，她是请来的小工，和大家一起干活，她和那几个女小工住在一起。女人干活是把好手，手脚勤快，和大家相处得十分融洽。白天里，我发现大目养看她的眼神都不一样，目光里有火，有关怀。夜晚，大目养就拉着她的手，偷偷钻进了大队部后面山上的树林里，很晚了才下山。喝过酒的我坐在一棵古树下，看着他们走下山。有时天上有月亮，有时星斗满天，有时乌云密布。大目养见到我，只说一句话："还不去睡觉。"女人躲在他身后，不说话。

他们过了段偷偷摸摸的日子，其实我们大家都发现了他们的关系非比寻常，却谁也没有说出口，大家心照不宣。给我们烧饭的是当地的一个老女人。她的脸很黑，眼睛深邃，还抽烟。有时，我会去帮她烧火。她告诉我，她并不是当地人，是抗日战争时期，从潮汕逃到闽西山区的，时间长了，和当地人结了婚，就回不去了。我问她，在潮汕有没有亲人。她抽着烟告诉我，丈夫和儿子都被日本人飞机投下的炸弹炸死了，公公婆婆和父母亲都失散了，不知死活。我问："你还想回去吗？"她说："回不去了，回去也不过是一把泪。"人世间，是不是所有的离散，都是一把泪？

这个做饭的老女人，才是真正理解大目养和那个女工的人。她对这对露水夫妻充满了同情和关怀。那天晚上吃饭时，老女人对大家说："我给大目养他们收拾出了一间屋子，晚上就让他们住在一起吧。老是钻到林子里，多难受啊。男女在一起，就要痛痛快快在一起，免得日后后悔。我是过来人，很多道理我懂。"她说完这番话之后，大目养和女工都羞涩地低下了头。工友们沉默了片刻，就哄闹起来，要他们住在一起。大目养当下让我去小酒馆买了十斤米酒，切了三斤猪头肉，让大家吃喝。我觉得，那是大目养的喜酒，他和女人从来没有正式办过结婚酒宴。于是，他们就住在了一起，不用再去钻树林了。有了爱情的人生毕竟有了光彩，我一直希望他们能够结婚，能够真正在一起生活，尽管大目养的母亲知道此事后一直反对，说丢了她的人，儿子找的不是老婆，而是一个老妈。

大目养的母亲陈十妹，是个泼辣的女人，天不怕地不怕，谁要是惹了她，她不仅可以和惹她的人吵上三天三夜，还可以动手打架，镇上很多男人都不是她的对手。在我小的时候，亲眼见她和一个牛高马大的壮实男子打架，她和他抱在一起撕扯，最后那男人被她摔到家门口的水沟里，脑门在水沟边的石头上划出一道深深的豁口，血流如注。她似乎一直是个得胜者，没有人敢和她较劲。早年，她独自带着大目养过日子，没有丈夫，丈夫先前当土匪，逼她一起上山，吃了很多苦头，逃下山后，就和土匪丈夫分道扬镳，自己带着孩子度日。一个人凄风苦雨，难熬，她就和镇上一个姓俞的男子好上了。俞姓男子是有家室的人，对她却死心塌地，起初偷偷摸摸地往来，后来就干脆搬到她家里来住了。

在那年月，这可是不得了的事情。家族里很多人看不

下去，外姓人公然登堂入室，引起了轩然大波。面对兴师问
罪的族人，陈十妹拿着把菜刀，站在小屋门口，大声喊叫：
"你们都过来吧，不要你们惩罚我，我自己就可以把自己杀
死。我命都不要了，还要什么名声。你们能给我什么，我守
活寡你们很乐意吗？你们这些落井下石的狗东西，不觉得很
下作吗？"族人面面相觑，都晓得她的秉性，菜刀能让她自
我了断，也能落在他们头上，他们只好悻悻而去，这事就此
作罢，大家默认了她和俞姓男人的关系。那男人是知书达理
之人，写得一手好字，也会做人，和李家人都熟络了，大家
觉得他是个好人，红白喜事、过年都找他写对联。镇上的人
都觉得奇怪，这样一个肚子里有文墨的男人，怎么会喜欢上
泼辣的陈十妹。萝卜青菜，各有所爱，时间长了，大家也就
习以为常了。俞家人对他的行径是不齿的，他的儿女都十分
愤恨，说他死后不给他送终，他也无所谓了，和陈十妹生活
在一起是他人生最快乐的事情，哪里管得了死后的事情。他
和陈十妹生下了一个儿子，也就是大目养的弟弟。后来，他
老死在陈十妹的眠床上，陈十妹悲痛欲绝，哭了三天三夜。
他的尸体最终还是被他的俞姓儿子们抬走了，没有在李家出
殡。他和陈十妹生下的儿子姓李，没有给他送终。其实他和

陈十妹生下了两个儿子和一个女儿，一儿一女被别人收养，因为家贫，养不起。

大目养对他还算客气，尽管名分莫名其妙，也不是继父，和平相处是他们唯一的出路。他从小就对母亲唯唯诺诺，母亲的强悍让他恐惧。他没有上过学，从懂事开始，就和母亲下地劳作，后来学了泥水匠，干活养家糊口。我一直觉得陈十妹对他是不公平的，动不动就冲他发脾气，用恶毒的言语咒骂他。大目养对母亲忍气吞声，我很小的时候，就很同情我这个堂叔，我不晓得我的陈十妹婆婆为什么要那样恶毒地对待他。我长大成人后，才产生了这样的想法，可能大目养长得像土匪父亲，以至于陈十妹看到他就会想起仇人般的前夫，心生怨恨。这只是我个人的想法。陈十妹对小儿子却非常溺爱，娇生惯养。大目养对弟弟并没有怨恨，而是和母亲一样，宠爱着他。我不知道他弟弟对他的感情如何，曾经有段时间，比我小几岁的小堂叔成天跟在我屁股后面，和我们厮混在一起，说起哥哥，他还是有种自豪感的。谁要是欺负他，平常从不和人吵架的大目养，会为了他去和别人拼命。

我一直不理解的是，陈十妹婆婆没有能力给大目养讨老婆，一家人都花大目养辛辛苦苦卖苦力赚来的钱，为什么会对大目养带回家来的女人如此反感，简直水火不容。她自己也是个饱尝苦难的女人，为什么会对另外一个苦命的女人如此刁难和唾弃。

那年过七月节，大目养带着我们从张地村回河田镇过节。我刚刚到家不久，就听到大目养的母亲吵闹起来了。我赶紧来到他家。陈十妹呼天抢地，要死要活，不让大目养的女人进家门。大目养站在家门口，气得脸红耳赤，眼睛里冒火，他没有和母亲吵，但我知道他已经气炸了肺。女人站在他后面，低着头，泪水涟涟。我对陈十妹说："十妹婆婆，你不能这样。"陈十妹平常对我不错，她说："你不要管那么多，没你的事。"我过去把女人领到了我家，女人眼睛红红的，一直抹泪。可怜的女人在我记忆中没有什么话语，只有微笑和落泪，笑和泪是她全部的人生。过了好大一会儿，大目养来到了我家，把女人带走了。他对我说他们先回张地村去了，让我好好过节，过完节再回去做工。我爸爸妈妈让他们在我家吃完饭再走，大目养婉言谢绝，带着他的女人走了。我送了他们一段路。陈十妹的男人追上来，对大目养说："养养，你晓得你妈的脾气，给她一点时间，我也会劝

她，你不要记恨她。"大目养说："你回去过节吧，我怎么
会记恨她。"说完，从兜里掏出一沓钞票，递给他："给我
妈，让我弟弟好好读书，考上大学，就不用在家受气了。"
那个老男人接过钱，嗫嚅地说："也怪我，没有本事，让你
受苦，唉。"大目养说："你别说了，和你没有关系，这个
家应该靠我支撑。只要你们好，我什么苦都可以承受。"

老男人攥着钱回去了。

大目养朝我笑了笑，眼睛里全是泪："阿闽，回家去
吧，过完节再到张地来，我们先走了。"女人也笑笑："阿
闽，你是好人，你爸爸妈妈都是好人，回去过节吧。"说
完，他们就走了。此时，节日的鞭炮声响起，在夜空中此起
彼伏，每家每户都开始吃节饭了，而他们却落寞地走了，像
无家可归的野狗。那时，我觉得这个死心塌地跟着大目养的
女人是多么伟大，她给了他宝贵的爱情，也给了他宝贵的肉
体，心甘情愿跟着他浪迹天涯，什么也不管不顾。

我心里特别难过，目送他们远去的时候，眼中流下了
泪水。

我在张地村并没有待多久，也没有和大目养一直做下
去。我在张地的日子里，心里的确长满了野草。繁重的工作

压得我喘不过气来，重要的是，我心里不甘，我的同学们都上大学去了，只有我在这个穷乡僻壤里做苦工。那段时间，我天天晚上在村里的小酒馆里喝酒，喝醉了就一次次地从村部的二楼往下跳。那天晚上，我照常在小酒馆喝酒。小酒馆的店主是个脸色黝黑的中年人，半秃的头，特别显得老。他是个特别温和的人，每次我在他这里喝酒，都记在账上，月底时，大目养会来和他结账。店主笑眯眯地对我说："还是一壶米酒，一碟猪头肉？"我点了点头。

很快地，酒和猪头肉上了桌。我寂寞地喝着闷酒，店主走到外面抽烟，山村寂静，不知道他是不是在看星星。店主有个十五岁的女儿，和他一起守着这个小店，她白白的脸，眼睛很亮，让人觉得不是她父亲亲生的。我在喝酒之际，她坐在灶膛前，默默地注视我。她突然对我说："你应该去更大的世界里闯荡，不要当池中之物。"她还给我出了个主意，让我去参军。在此之前，她没有和我说过话。听了她的话，我十分惊讶，决定离开这个地方。那个晚上，我喝了很多酒，我醉了，撒尿时一头栽倒在尿桶里。那天，大目养进城去进材料了，大目养的女人在。女人用水冲洗我全是尿水的头，给我换上了干净的衣服，扶我上了床。她坐在床边，为我流泪。酒醒后，我告诉她，我要离开了。那时天蒙蒙亮，我得在大目养回来之前离开，我觉得对不住他，没有学好手艺就走了，原来信誓旦旦要给他当一辈子徒弟的。我把心里话对女人说了，女人什么话也没有说，只是点了点头。她送我走了好长一段山路，然后和我挥手告别。我走出很长一段山路，回头张望时，发现她还站在秋天的薄雾之中，像一棵单薄的树，十分凄凉。从那以后，我再没有见过这个苦命的女人。

　　大目养和那个女人也没有最后的结果。后来，我才知道，那女人是江西石城人，在家受到丈夫的家暴因而逃了出来，在一个工地做小工时，碰到了大目养。他不知怎么就喜欢上了她，不顾一切地和她住在了一起，到哪里都带着她。女人是大目养的第一次，也是唯一的一次爱情。大目养一直劝她回去和丈夫打离婚，他要名正言顺地娶她，和她在一起生活。女人内心有深深的恐惧，她不敢回家，怕丈夫会把她打死。他们就这样做了几年露水夫妻，女人为他生下一个儿子后，就离开了他。

　　女人为大目养生下了儿子，陈十妹开颜了几天，允许她进了家门。陈十妹并没有真正接纳这个可怜的女人，她看

重的是自己的孙子。陈十妹抱着孙子，在镇上走来走去，逢
人便说："看看，看看，我有孙子了。"孩子是女人的心头
肉，有时，她会跟在陈十妹后面，陈十妹回过头，训斥她：
"你跟着我做什么，要让我丢人是不是？"女人说："我
丢人吗？那我儿子也丢人。"陈十妹恼羞成怒："滚回家里
去，我孙子不丢人，你怎么能够和我孙子比。"女人强忍着
屈辱，默默地回家去了。

　　陈十妹根本就不把女人放在眼里，不久之后，她对女
人说："等我孙子断奶后，你就走吧，我们不需要你了。"
女人心里有气："你要我去哪里？"陈十妹骄横地说："你
想到哪里就到哪里去，这不是你的家。"女人觉得憋屈，自
从踏进这个家门，她连奶妈都不如，家里家外什么活都干，
还博取不了陈十妹的欢心。她气愤地说："你是人吗？说出
这样的话。"于是，她和陈十妹大吵了一架。陈十妹的男人
两边劝和都没有用，孩子受到惊吓，大声啼哭起来，她们才
停止争吵。那时，大目养在外地做工，他弟弟也参军去了。
女人越想越伤心，第二天一大早，偷偷抱着儿子走了，她是
想带着儿子去找大目养，她宁愿和大目养浪迹天涯，也不想
待在这个冰窖一样的家里。陈十妹发现女人抱着孩子走了，

大惊失色，怪罪男人没有看好她。陈十妹从一个早起浇菜地的妇女口中得知，女人抱着孩子朝车站方向去了，她一直追到车站，发现女人买好了车票，还没有上车。她气呼呼地走到女人面前，一把抢回了孙子，破口大骂："你这个不要脸的臭婊子，你想拐走我的孙子呀。"女人辩解道："他是我儿子，我带他去找他爸爸，有什么错。"陈十妹强词夺理："你说的鬼话有谁信，你就是要拐带我孙子，你是想卖了他吧。"女人还想辩解，陈十妹根本就不给她说话的机会，大声说："大家过来评评理，这个外地女人要拐走我的孙子。"很多不明真相的本地人就过来帮腔。在陈十妹的煽动下，几个本地女人将她当成了人贩子，抓着她的头发，又打又踹。女人哭喊着，没有人理解她内心的苦痛。趁着这个机会，陈十妹抱着哭叫的孙子，跑出了车站。女人一路哭着离开了河田镇，离开了她爱着的大目养，不知所踪。

　　女人的离开，对大目养是个沉重的打击。他趁做工间隙，回到家里，发现心爱的女人不见了，心里充满了绝望。据我父亲说，大目养好几天脸色铁青，什么话也不说，也不吃不喝，只是坐在家门口的竹椅子上抽闷烟。父亲让他到家里吃饭，他也拒绝了。就在大目养离开河田镇的时候，女人的丈夫找来了。那是个脸色黝黑的壮实男人，父亲最先发现了他。父亲正在猪栏里喂猪，男人走过来，拿出张照片给父亲看，问他："你见过这个女人吗？"父亲看了看照片，认出了照片中的女人就是给大目养生儿子的女人。父亲问他："这是谁？"男人说："这是我老婆，听人说跟你们这里的一个泥水匠跑了，我来找她回家。家里还有孩子，也十分想念她，我已经找了她两年多了。"父亲听了他的话，吓得心惊肉跳，生怕这个男人会对大目养不利，连声说："我，我没有见过这个女人，你赶紧走吧。"男人可怜巴巴地说："大哥，你就行行好吧，你肯定见过我老婆，我找她找得好苦，我打听好了的，我老婆是跟一个叫大目养的人跑了，知情人说他就住在这一带。"父亲不知道说什么好，他是老实人，说谎会脸红、不安。

就在这时，大目养出现了。他对男人说："不要找了，我就是大目养。"男人见到他，像见到仇人一样，怒火中烧，气得发抖："你把我老婆藏哪儿了，快给我交出来。"大目养笑笑："我也正要去找她，她走了，不晓得到哪里去了。"男人气不打一处来，扑上去，和大目养扭打在一起。父亲要帮自己的堂弟，大目养说："哥，你不要过来，就让他打死我好了，反正我活着也没什么意思了。"大目养放弃了反抗，被男人打倒在地。男人骑在大目养身上，抡起拳头，不停地捶打大目养。父亲看不过去了，捡起一块砖头，砸在了男人头上，男人头上流出了血⋯⋯

那天中午，父亲让母亲弄了些酒菜，请男人和大目养吃饭。三个男人默默地喝酒，什么也不说。喝完酒，大目养跟着那个男人走了，他对父亲说，他要去寻找女人。男人再没有来过河田镇，女人也再没有回到河田镇，大目养和那个男人有没有找到女人，没有人晓得。父亲和我说起这件事，很后悔砸了男人一砖头。

大目养消失了很长时间，几年都杳无音信。他和女人生的儿子，也就是我的堂弟，被大目养的母亲一手拉扯大，现在好像做了厨师。后来，我只见过大目养一次，他已经十分苍老了，见到我时，还是那种慈善的笑，眼睛深陷，没有什么光彩，和年轻时的他判若两人。他孤身一人过日子，没有什么收入，日子过得艰难。陈十妹的小儿子在部队里当了干部，娶了我们河田镇的一个美女，建了新房子。大目养没有和他们一起住新房，还是住在那座小泥屋里。

大目养的确老了，没有力气了。父亲说，前些年，他和修坊村的一个老寡妇在一起待了两年，寡妇死后，他就一个人了。他和寡妇没有感情，天天吵架。大目养日子过得艰难，有些小偷小摸的行为。有次去偷人家的鸡，被人捉住，打了个半死。那天，我拿了一只鸡和一瓶五粮液，来到他的小屋里。他躺在床上，奄奄一息，看样子是饿的，房间里有股浓郁的怪味。见我来到他的房间，他慌慌张张地从床上爬了起来。

他诚惶诚恐地说："阿闽，你现在是大人物了，你这是——"

我十分心酸："叔，我不是什么大人物，只是个爬格子的。写作和做泥水匠一样，都是门手艺，我们一样靠手艺养家糊口。你什么时候都是我叔。"

大目养和我一起杀鸡，做饭，他一直诚惶诚恐，没有当年的那种神气、那种活力和伟岸。我含着泪陪他喝酒、吃鸡。我谈起了他弟弟，那个用他的血汗钱培养成人的部队干部。我生气地说："你活成这样，他怎么不管你？"他苦笑着说："阿闽，别怪他，他要养我母亲，还有老婆孩子要养，也培养我儿子，我不能要求他太多。"我说："我要和他说，让你和他们一起住。"他十分害怕："你千万不要说，说了就是害我。我很满足了，真的很满足了，他心里有我，这就行了。"我哽咽了："养叔，你这一辈子都为别人着想，什么时候想过自己。"他抹了抹眼睛："我想过自己，现在也在想，活着不拖累他们，我就满足了。阿闽，难得你来看我，还请我吃鸡喝酒。那时，你跟我做泥水匠时，我真的不看好你，以为你一辈子就和我做泥水匠了，没想到你有了大出息。我替你高兴，阿闽。"我泪流满面："养叔，你别说了，当时我走投无路，是你收留了我。我知道，当初在小吃店赊账喝酒，我那工钱根本就不够，都是你给我垫的钱。"

我还是问起了那个女人。他说当初也不是那么喜欢她，只是老大不小了，没有尝过女人的滋味，心里会想，那是一种煎熬。碰到她后，干柴烈火，就上了瘾，离不开她了。时间长了，就真的喜欢上她了，更加离不开她了。他后悔没有陪她一起回石城去，让她和老公离婚。她要是离婚了，他就可以名正言顺地和她结婚，那样，谁也无法拆散他们。说起女人，他显得异常痛苦。

吃完喝完，我给了他两百元钱，他死活不收。第二天，他就不见了，直到我离开家乡。后来，父亲在电话里对我说，他将我给他的两百块钱给了父亲。我走后，他才回到小泥屋。我想，他是怕我看见他现在这样子难过，就躲开了。他这样做，其实让我心里更加难过。我一直记着最后一次见他时，花白的头发和深陷的眼窝，眼睛里的惊恐和无助。他认为，我们是活在两个世界里的人，尽管我们当初在一起做过工。

不久，父亲打来电话，哀伤地说，大目养得癌症去世了。他死前十分痛苦。父亲在他身边。他对我父亲说的最后一句话是，如果那个女人回来找他，告诉她，他从来没有将她遗忘。那天晚上，我一直回忆和他在一起的时光，那些片段黑白电影般在我脑海回放，没有声音，却是那么沉重和忧伤。

他的母亲陈十妹比他多活了几年，后来也去世了。他的弟弟从部队转业，是国家干部，生活得很好，至于他当厨师的儿子，我不知道他过得怎么样。我还会想起大目养的女人，不知她离开河田镇后去了哪里，是不是还活着，在尘世的某个角落怀念那段和大目养在一起的幸福时光。有一次，我去江西石城，走在路上，左顾右盼，希望看到她的身影，可是我想，即便她活着，也不认识我了，我也不会认识她了。她是一股野风，吹过大目养的生命，也吹过我的心。

屡败屡战

在我的老家河田镇，人们管男人裤裆里的蛋蛋叫卵砣，泼辣的女人和男人吵架时，会如此威胁："你再嚣张，捏爆你的卵砣。"没有男人愿意自己的卵砣被捏爆，所以，碰到凶狠的女人还是躲远点，千万别逞强。

想到卵砣，我就会想起那个绰号叫大卵砣的堂叔。估计镇上很多人和我一样，淡忘了他的真实名字，但只要说起"大卵砣"三个字，都知道是指谁。关于他绰号的来历，有两个说法。一是因为他的鼻子大，肉乎乎的蒜头鼻子像个卵砣一样，占了整张脸的三分之一；第二个说法比较有趣，他当过一段时间的生产队长，因为脾气暴躁，总是得罪人，有一次和某个女社员干仗，女社员泼辣，扑过去抓住了他的裤裆，他吓得大鼻子都红了，低声求饶，女社员松了手，放了他一马，不过，事后女社员到处笑谈，说他的卵砣很大。那个女社员说他卵砣大，脸不红心不跳，有人就会问她，你是不是和他有一腿。女社员这时才脸红耳赤，愤怒地朝那人扑过去，要抓他的卵砣。那人早有防备，跳着跑开了，边跑边逗她，你没和他睡，怎么晓得他的卵砣大。女社员气得破口大骂。后来，关于她和大卵砣有一腿的传闻风一样流传开来。大卵砣对此事不置可否，这样像是承认了和女社员的关系。

那个女社员的老公平常老实巴交，喝酒后就会变成另外一个人。有天晚上，他喝了酒，去温泉澡堂洗澡的路上，碰到一个熟人。这个熟人以前和他有点过节，用嘲讽的语气对他说，听说有人给你戴了绿帽子？他听了这话，气得发抖，怒吼道，屌，你听谁讲的？熟人笑着说，全河田镇的人都晓得了，就你还蒙在鼓里。他气急败坏地质问，你给老子说清楚，到底是谁？熟人哈哈大笑，就是大卵砣，还有谁。他看着熟人扬长而去，心里的怒火熊熊燃烧。温泉澡也不洗了，他跑回家，拿出父亲留给他的那杆打猎用的老铳，装上铁砂和火药，上门寻仇去了。女社员不知道发生了什么事情，晓得他酒后的脾气，不敢阻拦，怕被他一铳崩死，只好提着一颗忐忑的心远远地跟在后面。来到大卵砣家门口，他咆哮着，要杀了大卵砣。大卵砣心里明白发生了什么，从后门偷偷溜走了。他是个聪明人，不想吃眼前亏。女社员的老公找不到他，愤怒地朝天空放了一铳。他这一闹，大卵砣的名声臭了，生产队长也当不成了，尽管女社员的老公酒醒后，知道上了那个熟人的当，不再提此事。他碰到大卵砣，躲着走，因为大卵砣脾气上来，也是不得了的事情，他比大卵砣弱小，手中没铳，是打不过大卵砣的，总不能成天扛着铳吧。

我们家族的男人，脾气大都不好，极容易为点小事暴跳如雷，大卵砣也一样。脾气暴躁的人容易惹事，大卵砣年轻时经常惹事，因为他没有我哑哥堂叔和高佬堂叔的气力，总是被人打得半死，别看他长得高大。但即使被人打得头破血流，他那张嘴巴还是呱呱乱叫，不依不饶，人家笑话他只赢在嘴巴上。他是独子，父亲早逝，从小被母亲娇惯，他母亲每次在他吃亏后都哭着说："你改改你的脾气好不好，这样下去，会被人打死的。"他把母亲的话当耳边风，根本就听不进去。早些年，他挨打，叔伯弟兄会帮他出头，后来，他把亲属们都得罪了，很少有人再管他的事情。

　　很多人瞧不起他，认为他是个无用之人，我却不那么想，能够屡败屡战、不屈不挠的人毕竟不多，我佩服他，尽管他不喜欢我。他不喜欢我的原因，是因为一块自留地，和我家有争议。他家的自留地和我家的自留地挨着，每年种篱笆时，他就觉得我父亲种过了界，侵占了他家的地。有一年春天，他几次愤怒地拔掉了我父亲种的篱笆，扬言要和我父亲决一死战。我父亲是个老实人，被他逼急了，就揍了他一顿，他气得差点在我们家里上吊，好在他妈妈十分明事理，叫人将他架回去了。从那以后，他就认为和我家有仇，我们家的人，他都十分讨厌。我小的时候，他曾威胁过我，说要割掉我的小鸡鸡。我不怕他，说："你敢割掉我的小鸡鸡，我就捏爆你的大卵砣。"他哈哈大笑，他没有笑完，我就溜了。不过，我对他并没有什么成见，反而觉得他是个人物，无论别人怎么瞧不起他，他在我心中都是个传奇人物。

　　大卵砣是个对新生事物接受得很快的人，20世纪70年代末期，他第一个把磨豆浆的机器引进到了河田镇。那时，镇上做豆腐的人家，还是用石磨磨豆浆，做一锅豆腐，磨豆浆就要花去两三个钟头，十分累人。他在我家旁边的一块空地上搭了个棚子，磨浆机就放在棚子里。那时，镇上人家都还没有用上电，磨浆时，他要用柴油发电机发电，在实验阶段，我总是会突然听到发动机的轰鸣声。有时在半夜三更，突然传来发动机的轰鸣声，把周边的人吵醒。有人就走出门骂他，他笑嘻嘻地给人家赔不是，说在做实验。他也有恼怒的时候，半夜三更将发动机弄得山响，人家出来说他，他就耍横，说："我又没有在你家里搞发动机，关你鸟事。"人家听到他这样无礼的话语，也火冒三丈，过去就和他打了起来。大卵砣声音大，打架根本就不是人家的对手，很快就被打倒在地。要不是亲房叔伯听到他的号叫，赶出来救他，他也许会被人打残。大家都指责他，说他故意惹事。他又耍无赖，说不关大家的事情，他想怎么样就怎么样。大家无奈，只好散去，表示再不管他的事情，哪怕被人打死。

很长一段时间，大卵砣没有生意。纵使没有人光顾，他还是每天都要发几次电，故意让发电机的轰鸣声强暴人们的耳朵。我每天上学和放学，都会看见他坐在棚子里，似笑非笑地看着路过的人。他的大鼻子红通通的，仿佛在向路人示威。那是个有月光的晚上，夜深了，我起夜上茅厕时，听到大卵砣在棚子里哭。从茅厕里出来，我来到棚子外面，他还在哼哼唧唧地哭。我走了进去，他坐在发动机前，像鬼一样。我说，叔，你为什么哭？他嘴硬，你说谁哭了。我说，我分明听到你哭了。他不耐烦地说，去，去，去，别来烦我，看到你就讨厌。我说，我不讨厌你。他觉得十分奇怪，我那么讨厌你，你怎么不讨厌我？我说，我觉得你挺了不起的。他抹了抹眼睛，我有什么了不起的，大家都说我是茅坑里的石头，又臭又硬。我说，他们都是俗人，不要理会，你和他们不一样，你是有创造力的人。他有点感动，其实我只是想多赚点钱。我说，你要那么多钱做什么？他笑了，有钱才能过上好日子，你也知道，你堂弟有心脏病，有钱才能给他治病。

他说的是他的大儿子，患有先天性心脏病，一直很瘦弱，脸色苍白，病恹恹的。大卵砣不断地与命运抗争，屡败屡战，却还是没有给大儿子治好心脏病。后来，他大儿子长大成人，有了自己的孩子后，都没有去做手术。直到2009年，大卵砣的二儿子在上海工作后，才将在老家做小生意的哥哥接到上海，做了心脏手术，给他治好了心脏病。我那堂弟有情有义，用结婚装修新房的钱，先给哥哥做了心脏手术。大卵砣尽管当初和我说那些硬气的话，他到底还是没有给儿子们，或者亲人们带来什么福祉。他似乎命中注定，要折腾，不停地折腾，折腾是他的宿命。

　　我父亲靠做豆腐勉力维持生计。我对父亲说："为什么不去大卵砣那里磨豆浆呢？"父亲说："听说机器磨的豆浆做出来的豆腐不好吃，会有一股柴油味。"这也是大卵砣没有生意的主要原因。大卵砣的棚子里的确散发出浓郁的柴油味，我不明白这和豆腐有什么关系。一天，我走进了棚子，对大卵砣说："没有生意，你会亏本的。"他说："等等就有生意了，万事开头难。"看他成天坐在棚子里守株待兔的样子，我心里有点难过。

　　过了那段难熬的时光，大卵砣的生意终于开张了。有了第一单生意，就有第二单，人们发现，用机器磨的豆浆做出来的豆腐并没有柴油味，而且省时省力。人工需辛辛苦苦磨两三个小时，在他那里十几分钟就解决了。他的机器不仅可以磨豆浆，还可以粉碎地瓜、魔芋等，生意渐渐好了起来，特别是到年关的时候，每家每户都要做豆腐，他的生意好得不得了，要排队预约才能轮上。他的大嗓门不时从棚子里传出，伴随着机器的轰鸣声，我就会想到他得意的大红鼻子。

　　好景不长。不到两年，他离开了河田镇，找不到人了。传说他欠了赌债，跑路了。那机器在棚子里生锈了，他也没

132 _132 肉　身

有回来。听不到机器和发电机的轰鸣声以及他的大嗓门，我心里有些失落。我离开家乡那年的夏天，他神气活现地出现在了河田镇。他又引进了一种机器，一种做粉干的机器。我们河田的手工粉干在方圆百里是出了名的，用机器做粉干无疑是一种挑战。奇怪的是，他的生意竟然也很好。我走之前，他破天荒地请我喝了顿酒，喝得半醉时，他说他是天才，要不是被"文化大革命"耽误，他保准考上了大学，当上了发明家。他说话还是那么大声，口水不停地喷到我脸上。我相信他的话，可是，命运决定了他的一切。还是好景不长，不到两年，不知道什么原因，他又跑路了，做粉干的机器也被人抬走了。

　　我离开家乡四年后，第一次回到河田镇时，看到当初他安放磨浆机的地方已经被人挖了个水塘，水塘里布满了浮萍，还有几只鸭子在里面觅食。我耳边响起了机器的轰鸣声，也响起了大卵砣堂叔说话的声音，可是，没有见到他。父亲说，大卵砣不在河田镇混了。我问父亲，大卵砣去了哪里？父亲说，不知道。我心里清楚，他一定在某个地方倔强地活着，他不会向命运屈服。

　　是的，他不会向命运屈服。后来我通过他儿子知道了他的一些情况。他离开河田镇，去了龙岩市，身无分文的他靠捡垃圾为生。我可以想象他走街串巷捡垃圾的样子，脸上似笑非笑，大红鼻子彰显着他的尊严。他有没有因为暴脾气挨打，我不得而知，他儿子也没有透露。神奇的是，他做什么起初都能够成功，遗憾的是他做什么最后都会失败。他竟然在龙岩开了一家废品公司，赚了不少钱。他失败在一个女人身上，他和那个女人同居，还生下了一个儿子，令他没有想到的是，某一天，那女人带着孩子连同他的积蓄，远走高飞了。他没有去寻找，自己也已年迈，只好回到了河田镇。他没有和家人住在一起，老婆和儿子都和他有芥蒂，他像高佬一样，独自生活。他们偶尔会在一起喝酒，谈论他们乌七八糟的往事。他们身上有相似的成分，大部分气质、做派却并不相同。

去年春天，我回到家乡，一大清早，就被街上传来的声音吵醒。我听到有人在大声喊叫："卖粉干喽，卖粉干喽，上好的手工粉干，卖完了就没有喽——"这是我熟悉的声音，是堂叔大卵砣的声音。我从床上爬起来，推开窗户，朝楼下的街巷俯视，果然是他。他推着三轮车，沿街叫卖。我想喊他一声，可没有喊出来，看着他佝偻的背影，内心酸涩。年迈的大卵砣又回到了起点，他的人生画了一个圆圈，这年头，手工的东西又吃香起来，他个人的机器梦破灭，尽管这个世界在高速发展，传统的东西渐渐消失。他苍老了，大红鼻子却没有变化。他的内心有了许多变化，脾气却没有变。其实，他在我心中，是个牛人，尽管他在很多人眼里，是个笑话。

最后的箍桶匠

　　他来到这个世界上时，下着苍凉的雨。他母亲因为难产一命归西，他惊人的哭喊没有唤回母亲。1921年的河田镇像块飘摇在风中的破布，对于一个生命的到来以及一个生命的消逝，不会有太多的惊喜，也没有过分的忧伤，一切都自然而然。他父亲把妻子埋葬后，给他起了个极普通的名字：李桐材。

　　我很难想象，从小体弱多病的李桐材如何在那灰暗的年代长大成人。

　　知情者——河田镇的另外一个老者李七巴告诉过我，李桐材在六岁那年的某个晚上，上茅房时蹲得太久，两腿发抖掉进茅坑，差点淹死。要不是后妈去找他，李桐材就真的没命了，也就没有了河田镇最后一个杰出的箍桶匠。

李桐材是我叔公，他是我爷爷的堂哥。

我爷爷死得早，他在五十岁那年下身瘫痪，没几年就离开了人世。我们家族里出手艺人，而且都能够在各自的行当里做到最好。我爷爷是做豆腐的，他死后，镇上的人说，河田镇再也没有那么好吃的豆腐了，直到我父亲做豆腐的手艺名扬河田镇。还有一个叫李灶火的叔叔，他是闽西最好的手工造纸师傅，他七十多岁时，还在宁化的纸场做手工纸，前几年，我在上海电视台的节目里发现了他，他出现在一部关于手工造纸的纪录片里。现在他在家养老，谈起几十年的造纸生涯，满目沧桑。我们家族里的匠人们都有一个特点，对他们从事的行业十分执着，而且精益求精，如果让他们去做别的事情，却一无是处。

李桐材从小就迷恋小木工。

在河田镇，有大木工和小木工之分。大木工是指建房造屋的木工，小木工指的是做家具农具的木工，而在小木工里，也有圆木方木之分，圆木是指做桶、盆等家什的木工，方木指做棺材、床、柜子、桌椅等的木工。

其实，李桐材迷恋的是圆木。

　　据李七巴回忆，李桐材五岁那年，就经常跑到小街上王三水的箍桶店里，痴迷地看着王三水做活。如果说大木工用的是大锯大斧等工具，那么，小木工用的大都是小锯小斧小刨子等工具。和大木工用的工具相比，小木工的工具显得极为精巧，其本身就是民间工艺品。李桐材经常会遭到王三水的大声斥骂，因为王三水是个脾气暴躁之人。还有一个原因，王三水不许别人轻易动他的工具，一般手艺好的工匠，都不喜欢别人动他吃饭的家伙。而李桐材偏偏喜欢动那些工具，他会伸出手，轻轻地抚摸小斧因使用时间长而光滑的木柄，这时，王三水就会大声呵斥他，让他滚蛋。李桐材对王三水的呵斥无动于衷，这让王三水十分纳闷。王三水十分讨厌这个病恹恹的瘦弱的孩子，赶也赶不走，骂也不听。实在无奈，王三水找到了李桐材的父亲李时林，让他管教好自己的儿子，不要老是到他的箍桶店影响他做活。李时林是河田镇的猎人，脾气也十分暴躁，听到王三水的投诉，他把儿子揍了一顿，李桐材不经打，躺在后妈上官玉珠的怀里奄奄一息。上官玉珠疼爱李桐材，哭着对丈夫说，你要是再打桐材，我就和你没完，除非你把我打死。事后，上官玉珠会抚摸着李桐材苍白的小脸，让他不要再去看王三水做活。然而，伤好之后的李桐材还是经常站在箍桶店门口，目光痴迷地往里面张望。

王三水是当时河田镇最好的箍桶匠，镇上的人用的木桶、木盆等家什大都出自他那双灵巧的手，所以他总是忙得不可开交，即使到了深夜，他还点着油灯做活。他没有徒弟，人们传说，他不收徒弟是怕徒弟抢了他的饭碗。

其实，他从李桐材的眼睛里看出了热爱。

他无法扑灭李桐材眼中的热爱之火，就像当初无人可以阻止他成为一个出色的箍桶匠一样。

久而久之，他从心里接纳了这个孩子，尽管有时还会对李桐材凶神恶煞。李桐材根本就不怕他，仿佛洞察了他的内心世界。王三水骂他时，他会面带微笑，好像王三水的恶语是赞美词。王三水叹口气，说，孩子，你身体太弱了，干不了这活。这活累，还要花心思。李桐材说，我喜欢，真的喜欢。王三水摇摇头说，喜欢有什么用。

李时林想把手中的那杆老铳传给儿子，让他日后也成为一个好猎手。显然，李时林所有的努力都徒劳无功，李桐材根本就对当个好猎手不屑一顾。在李桐材十三岁那年，他对父亲说，他要做一个箍桶匠。面对矮小瘦弱的儿子，李时林一点办法也没有。上官玉珠劝他尊重儿子的想法。李时林想，儿子这身体，肯定成不了好猎手，说不定还会死在野兽口中，最后，他答应了儿子的请求，让他去做一个箍桶匠。

河田镇的许多人家，都希望自己家的孩子成为王三水的徒弟，这在当时，是一门极好的手艺，不用下田劳作，就可以挣钱养家糊口。问题是，王三水没有收徒之意，很多人只好死了这条心。李时林找过王三水，王三水同样拒绝了他。李时林不死心，一连找了王三水好几次，王三水就是不松口。

一天中午，李时林喝了一壶酒，一手拿着土铳，一手牵着李桐材的手，来到了箍桶店门口。

说起这件事情的时候，上官明的老眼中闪烁着火花，他亲眼见证了这场威逼，说起来绘声绘色，仿佛让我身临其境。

当时，王三水正在吃饭，因为劳累，他显得很饿，吃饭的样子不像他做活那么从容，也没有注意到店外的李时林。李时林端起土铳，大声说，王三水，你给老子听着，你要是不收我儿子为徒，老子就一铳崩了你。

王三水抬起头，嘴巴里塞满了饭菜，他注视着李时林，吞下那口饭菜，说，李时林，我是吓大的吗？有种你就杀了我。

这时，围上来许多看热闹的人。

李时林说，你以为我不敢？我再问你一句，收不收我儿子为徒？

王三水冷静地说，不收。

李时林真的对着店里开了一铳。在轰响声中，箍桶店里冒起一股浓烟。浓烟散去，王三水完好无损地坐在那里吃饭，对他根本就不屑一顾。围观者都吓坏了，以为要出人命了，见王三水没事，才松了口气。原来李时林那一铳并没有瞄准王三水射击，而是打在了旁边。李时林也不是真想要他的命，只是威胁他而已，没有想到王三水不买他的账。李时林顿时泄了气，脸色异常难看，悻悻而去。围观者也议论纷纷地散了。

只有一个人没有离开，那就是李桐材。

他突然跪在店门口，什么话也没有说。

李桐材在那里跪了一天一夜，谁叫他回家，他都不理会。

李时林的野蛮威胁，没有奏效，李桐材这一跪，让王三水动心了。他晓得李桐材铁了心要和自己学艺，只好收下了他。当了学徒后的李桐材十分高兴，脸上也有了血色，那是他的生命开始灿烂的时节。他学得十分认真，对师傅也十分孝敬，只要父亲打猎回来，他都会回家提只山鸡什么的来孝敬师傅。学了两年时间，李桐材出师了。他出师后，并没有抢师傅的饭碗，而是和师傅一起做活，赚了钱，师傅拿大头，他拿小头。不久，王三水得了肺痨病。肺痨病让王三水的身体一落千丈，很快就没有体力做活了。他只能坐在店里，看着徒弟做活。徒弟的手艺很快就超越了他，得到了河田镇人的认可。李桐材赚的钱还是给师傅大头，自己拿小头。

　　李桐材四处给师傅求医问药，可是都没有效果，他不知道从哪里听说人血馒头可以治疗肺痨病，就用斧子割破自己的皮肤，用自己的血浸透馒头，给师傅吃。王三水感动得落泪，他没有想到这个徒弟如此孝顺，简直把他当爹了。吃了很多李桐材的人血馒头，王三水的病还是不见好转，终于在某一天，他一命归西。死之前，王三水把箍桶店给了李桐材，并且把所有的工具留给了他。李桐材关闭店门，很久没有开张，天天坐在师傅的坟头流泪。直到他的眼泪已经流不出来后，才重新把箍桶店的门打开。

　　上官明告诉我很多那时候的事情，每说一件事情，他都十分感慨。

　　李桐材后来成了河田镇手艺最好的箍桶匠，他守着那个小店，没日没夜地做活，他总是有做不完的活。一个晚上，一队国民党兵进入了河田镇，四处抓壮丁。他们见李桐材的箍桶店还亮着油灯，就撞开了店门，把矮小瘦弱的李桐材抓走了。有人飞快地告诉了李时林，李时林找到了国民党兵的连长，央求他放人。连长不答应，说除非有人顶替李桐材，他才放人。李时林的堂侄顶替了李桐材，跟国民党兵走了。

李时林的堂侄一走，就杳无音信，一生都没有回到河田镇。有人说他死在战场上了，也有人说他和兵败的国民党军队一起逃到台湾去了。不久，李时林得了一种古怪的病去世了。李桐材安慰后妈上官玉珠，说会好好孝顺她。上官玉珠自从和李桐材的父亲结婚后，一直没有生育，李桐材对她像亲生母亲一样，这对上官玉珠来说，是莫大的安慰。李桐材还是守着他的那个小箍桶店，没日没夜地做活，赚到的钱都交给上官玉珠。1948年那年，上官玉珠给李桐材说了一门亲事。结婚后，李桐材的老婆余水妹和婆婆不和，有一次竟然动手打了上官玉珠。从来不发火，只知道默默做活的李桐材发了大火，拿着斧子要劈了老婆。余水妹吓坏了，跪在地上求饶，在上官玉珠的再三央求下，李桐材才原谅了老婆。从那以后，余水妹对上官玉珠毕恭毕敬。

谈起上官玉珠的死，李七巴的眼中流下了泪水。

上官明和李桐材怎么也没想到，1960年会饿死人。河田镇——这个南方的山区小镇，虽然不算富裕，可并没有穷到饿死人的地步。可是，这年春天河田镇人竟然没有饭吃了。李桐材还是在箍桶店做活，除了做木工活，他什么也不会做。他的箍桶店早已公私合营，基本上不是他自己的了，他只是个工人而已。无论如何，他热爱这份手艺，他离不开那些做圆木的工具。饥饿让李桐材更加瘦小了，上有后妈，下有儿子，他觉得赚口饭吃是如此艰难，往昔，他凭自己的手艺养活一家人，根本就不成问题。断粮后，儿子们饿得哇哇直叫，他们上山采野菜和树叶充饥。后来，野菜和树叶都被采光了，河田镇有人开始吃观音土。观音土是一种黏土，可以烧陶瓷用，很多雕塑家用它做泥塑。那个晚上，余水妹抱着一大团观音土进了家门，对奄奄一息连叫唤都没有力气的家人说，吃的东西来了。大家就把观音土分着吃。观音土这东西的确可以填饱肚子，可是不能多吃，吃点就胀肚子，而且消化不了。因为难以消化，屙屎都困难，余水妹只好用耳勺给孩子们把屁眼中的观音土挖出来。那天早上，李桐材发现后妈死在了床上，她浑身瘦得皮包骨，只有肚子鼓得像气球。她是观音土吃得太多，给撑死了。李桐材号啕大哭，觉得对不起后妈。他第一次感到自己是那么地无能为力，哪怕是河田镇最好的箍桶匠也无能为力。

李七巴告诉我，李桐材后来自己单干了，被当作投机倒把分子抓去批斗。有一段时间，白天，李桐材头戴高高的纸帽子，胸前还挂着一块沉重的木牌，被拉出去游斗，晚上他躲在箍桶店里做活。那是他这一生中最难熬的时光，比饥馑年代还难熬——精神上的摧残比肉体上的折磨更可怕。他总是沉默寡言，其实他一生都沉默寡言，只是默默地守护着自己的手艺，即使在最艰难的时候，他也没有降低对自己手艺的要求，还是精益求精，每一个水桶或者木盆，他都当成艺术品来做。那些物件的表面溜光水滑，内里严丝合缝，不光看起来精巧，还结实耐用，河田镇人对他也从来没有降低过评价。

对于任何赞誉，他都一笑置之，就像对待所有的苦难一样，他保持了一个优秀手艺人的品格。

让河田镇人奇怪的是，他的三个儿子，没有一个继承他的衣钵。

他一生也没有正儿八经地收过一个徒弟。

其实，在20世纪70年代末期，还是有很多人崇拜手艺人的，做手艺是除了考上大学和当兵之外最好的出路，甚至比前两者更让人热衷，可是李桐材还是没有收一个徒弟，他甚至比师傅王三水更顽固，死活不肯收徒。那时，李桐材完全没有意识到他这门手艺会受到现代文明的冲击，尽管洋铁桶开始被河田镇人接受。李桐材不认为洋铁桶能够取代木桶，因为洋铁桶贵，另外就是在传统观念上，河田镇人还是喜欢用木头制作的家什。

我开始感受到李桐材的魅力，正是从那时候开始的。

李桐材依然在箍桶店没日没夜地做活，那时，箍桶店已经归还给他个人所有了，他的日子也因为自己出色的手艺而重新变得殷实。他还是沉默寡言。我上初中二年级的时候是1978年，我去镇中学读书，每天都要路过他的箍桶店。每次路过箍桶店，我都会被他瘦小的身体莫名地感动。他的身体变得佝偻了，却还是那么卖力地做活。有一天晚上下了晚自习，路过箍桶店时，见里面还亮着灯。我站在店门口，说，叔公，怎么还不回家睡觉呀？他打开门，笑着说，再干会儿，把这个饭甑做完就回家。他一直对我很好，我小的时候，还偷偷地给我麦芽糖吃。

我说，太晚了，明天再干吧。

他说，今天的活不能推到明天。

我没有说话，拿起了一把小斧子。

李桐材警觉地从我手中夺过斧子，放回了原处，什么话也没有说，继续干他的活。

我笑了笑说，我喜欢这把斧子。

好大一会儿，他抬起头说，你还是好好读书吧，不要东想西想，你不是干这活的命。要像贵生那样，考上大学，到大城市里去生活。

贵生是我们家族里的第一个大学生，20世纪50年代考上的大学，那时，李桐材和我父亲都资助过他，每次贵生回来探亲，都会感谢他，给他带些糖果什么的。李桐材的儿子们被"文化大革命"耽搁，都没有上大学，他希望我以及他的孙子们能够像贵生那样考上大学，那是他的荣耀。

可是，我一直认为，做圆木的手艺才是他一生中最大的荣耀。

没有考上大学，曾经是我的屈辱。

1983年夏天，没有考上大学的我心里长满了荒草，每天在田野里像条野狗般游荡，有时为发泄心中的苦闷，还会和人打一架。那天，我在镇街上和人打架，被李桐材发现了。这个瘦小的老头提着斧子赶过来，把那几个和我打架的小子赶走了。他对我说，你怎么能到处惹事，你父母亲把你养大，难道就是为了让你变成流氓吗？他的话说得很重，我长这么大，他从来没有对我说过如此重的话。我无地自容，灰溜溜地走了。那天晚上，老实巴交的父亲对我说，阿闽，你还是去学门手艺吧。我低着头说，学什么手艺？父亲说，我去和你桐材叔公说说，去给他当学徒吧。你看，他有那门手艺，日子过得也不错。我没有吭气。当天晚上，他就把我带到了箍桶店。让我惊讶的是，李桐材二话不说，就收留了我，让我跟他学徒。

也许李桐材以为我是当初的他，会好好地学艺，日后继承他的衣钵，成为河田镇最好的箍桶匠。我却让他失望了。一连几天，他教我最简单的活，比如刨木板，我都干不好，还把好好的木板给刨坏了。最后，他还是放弃我。他长叹了一口气说，看来，这活真的不是谁都能干的，你还是另找出路吧。我心里很明白，我并不像他那样热爱这门手艺，心中没有热爱，说什么也没有用，就像他对我父亲说的，总不能捉牛上树。放弃我，李桐材并没有什么不快，对他来说，反而是种解脱，如果他教出一个蹩脚的徒弟，对他的名声影响惨重。

也就是在那一年，我从军了。走的时候，路过箍桶店，他正埋头做活。我站在店门口说："叔公，我走了。"他抬起头，放下手中的活计，说了这样一句话："到外头好好混，混出点人样来，不要退伍回来种地，你不是种地的命。"

我点了点头，就离开了他，离开了河田镇。我这一走，就彻底告别了故乡平淡的生活。当他得知我在部队提了干，后来又写小说，成了一个作家，他心里是高兴的。我父亲说，当我写信回去告诉他提干的消息，他马上就告知了李桐材。李桐材说，这孩子有出息了，我没有看走眼。好在他没有留下来和我学手艺。他说此话时，内心已经有了感伤，因为那个时候，塑料盆和塑料桶等塑料制品已经开始取代洋铁桶以及木制家什。他不相信这一天会那么快到来。这对他的打击十分沉重，明显地，找他做活的人越来越少了。可是，他没有放弃，还是固守着他的箍桶店，每天守株待兔地等待客户的到来。没有那么多活干了，他也清闲起来。有时，他会来到小镇的市场，默默地站在堆积如山的塑料制品面前，伸出颤抖的手，摸着那些东西，口里喃喃地说，这真的比木头做的好吗？卖东西的人走过来，说，李木匠，要买什么东西呀？他慌乱地说，不买，什么也不买。然后仓皇逃离。走出一段路，他回头望了望，发现卖东西的人还在笑着看他，他认为那笑容里充满了蔑视，对他的蔑视，对他的手艺的蔑视。回到家里，他把家里的塑料制品全部敲破，扔到垃圾堆里去了。儿媳妇说，你这是怎么了？他瞪着眼睛，大声说，以后我们家谁要用这些塑料垃圾，我就和他没完！他很少发火，偶尔发一次火，把儿媳妇吓得大气不敢吭一声。他的大儿子那时贩卖猪崽赚了点钱，劝他把箍桶店关了，好好安享晚年。他说，要把箍桶店关了，等我死了吧。

的确，他到死都守着他的箍桶店。

2011年冬天，河田镇出奇地冷，冷得人骨头生痛。我在这个冬天回乡，是一种感召——某天晚上，我梦见故乡的天空飘起了大片的雪花。那个南方山区小镇在我童年的记忆中，有过雪天，后来因为气候变暖，就很少下雪了。梦见故乡下雪，让我的心灵回归到童年时代，唤起了我许多关于故乡的记忆，过了几天，我就赶回了故乡河田镇。河田镇曾经是个古镇，有一条铺满鹅卵石的悠长小街，小街两旁有很多古老的祠堂和老屋。那条小街还在，老屋却很少见了，就是残留下来的老屋，也破败不堪，很少有人居住了。河田镇多出了很多街道，新街两旁，建满了新楼房。这些街道和楼房看不出有什么规划，乱糟糟的，房前屋后到处都是垃圾堆，镇上没有排水设施，一下雨，到处积满了脏水……这不是二十多年前我离开时的河田镇，那时的河田镇是那么地宁静和美丽，一派田园风光。晚上，我睡在新楼房的房间里，半夜还可以听到摩托车从门口的街上呼啸而过，我记忆中的那份宁静已经不复存在，我多么渴望重新回到过去。过去是因为贫穷而宁静，现在大家有钱了，却又破坏了很多值得留恋的东西，这难道真的是不可解决的矛盾？我站在我出生的那栋倒塌的老屋前，眼睛湿湿的。我想，故乡不见了，我是回不到从前了。

让我奇怪的是，古老小街上李桐材的箍桶店竟然还顽强地存在着。

箍桶店被两边的新楼房挤压在那里，显得不合时宜，却让我无端地感动。李桐材还在里面做活。虽然他快九十岁了，却还有力气做活。我走进去时，他发现了我。他惊讶地抬起头，说，阿闽，你是阿闽吗？我说，我是阿闽，叔公，你怎么还在做活呀，现在还有生意吗？他苦笑着说，早就没有生意了，我都被人忘记了，没有人找我做圆木了。

我听出了他话语中透出的沧桑。

我知道，他也回不去了，就像我无法回到从前的故乡一样。

我不知道他在做什么活，只看到他在刨木板，一块块长条的木板。他干得十分吃力，不像从前的那个李桐材，尽管瘦小，却有使不完的力气。

我问他在做什么，他没有回答我。

他用沉默对待我，很长时间里，他是用沉默对待这个世界的。

我悄悄地离开。

他还是没有说什么，继续干他的活。刨木板的声音让我浮想联翩，让我想起一个个他经历过的年代。刨花的芳香浸透于过去的年代，浸透于李桐材整个的生命。我不清楚他内心坚守的东西在当代社会有没有意义，我只晓得他生命之中曾经有过的光荣和梦想已经远去，一如他苍白干枯的面容。我有种流泪的冲动，却没有泪水涌出眼眶。

雪花没有在故乡的天空飘落，冰冷的雨却浇透了故乡的冬日。

那个下着冷雨的早晨，我被吵闹声惊醒。

有人在我家门口大声说，桐材死了，桐材死了——

他是在说，我叔公李桐材死了。

他怎么会那么快死去，前几天我刚回来时，他还在箍桶店里刨木头，在我的想象之中，他最起码可以活到一百岁。

问题是，他真的死了。

他还是没有熬过那个冬天，死在冷雨飘飞的早晨。

我和我父亲及一行人赶到了箍桶店。

箍桶店的门大开着，门外围着许多看热闹的人。

我和父亲走进箍桶店，我看到了如此的景象：李桐材躺在一副精致的棺材里，棺材还散发着木头的香味，他的身边放着斧子、刨子等工具，那是他一生钟爱的吃饭家伙。他的眼睛没有合上，直勾勾地看着这个世界。

我的心脏被什么东西击中，异常地疼痛，眼泪情不自禁地流淌下来。

李桐材的大儿子站在棺材旁边，悲戚地说，我爹一生都没有做过棺材，没有想到，他最后给自己做了一口棺材。昨天晚上他没有回家，我没有在意，因为他经常睡在店里。他做好棺材，就躺在里面等死，早上起来，我来店里找他，发现他已经死在棺材里了，身体也硬了。

这时，李七巴走了进来，流着老泪。

李七巴平常和李桐材十分要好，可以说，他是李桐材唯一的好朋友。他走近棺材，伸出手，在李桐材的眼睛上抹了一下，说，桐材，你安心走吧，在另外一个世界，你还可以做你的圆木，到哪里你的手艺都是最好的，顶呱呱的。

李桐材的眼睛闭上了。

我突然想，李桐材的眼睛到死都没有合上，不仅仅是对他圆木手艺的留恋，或许还有什么我们不晓得的东西，让他难以割舍。

雨下得很大。

这个充满死亡气息的早晨，天在落泪。

让我难过的是，李桐材没能让自己的遗体和他最后的作品——棺材一起入葬，因为按照规定，死人必须火化。我们还是把装着李桐材骨灰的盒子放进了棺材，连同他用过的工具一起埋葬。下葬的那天，天空下着冷雨，我们埋葬了一个饱经沧桑的老人，同时也埋葬了一门手艺，埋葬了无边无际的孤独和忧伤。

凄风苦雨

表姑姚七妹，在凄凉的风雨中死去。

那是1976年某个秋日，阴雨绵绵，姑婆跌跌撞撞冲进我家，哽咽地告知了表姑的死讯。那时我们一家人正在吃晚饭。奶奶放下了碗筷，颤巍巍地站起来，问姑婆，她，她怎么死的？姑婆泪水涟涟地说，被那下作鬼害死的。我们都晓得，那下作鬼就是表姑的老公。

奶奶喃喃地说，可怜的七妹。

她脸色苍白，摇摇欲坠的样子。我妈扶住了她，让她坐下，商量怎么处理后事。奶奶瘫坐下去，招了招手，示意姑婆也坐下。姑婆是我爷爷的亲妹妹，出嫁前和奶奶十分要好，出嫁后有什么事情，都回来和奶奶商量。姑婆的丈夫和我爷爷都过早离世，这两个女人是两个家庭的主心骨，而我奶奶又是姑婆的依靠。表姑死了，姑婆自然来找奶奶想办法，她已经悲伤得六神无主。奶奶沉默了很久，吐出一句话，找刘家算账！

父亲和叔叔听了奶奶的话，磨刀霍霍，准备给表姑报仇。我那两个表叔，都是老实得胆小如鼠之人，姑婆觉得他们靠不住，但是他们随后也到了，说一切听我奶奶的，我父亲和叔叔在磨砍柴刀时，他们在一旁面面相觑。奶奶拉着姑婆的手，说些伤心的话。我妈在一旁陪着她们，不时插上一句话，抹着眼泪。十岁的我含着泪，也拿起把小砍柴刀，将它磨得锋利。我们李家，血脉里奔涌着蛮荒的血性。

我一直记得表姑的模样，瘦小的身体，清秀的脸，温和而善良的眼睛。她很小的时候，就被送到离镇上三十多里地的小山村，在一户刘姓人家当童养媳。表姑每当到镇上赶集，都要到家里来吃顿午饭，然后回家。她话不多，一副羞涩的样子。我奶奶特别疼爱她，她每次来，奶奶都要给她单独炒两个鸡蛋，让她一个人吃。她脸红红的，羞怯怯地细嚼慢咽，不碰那盘鸡蛋一筷子。奶奶就会微笑地将鸡蛋夹到她碗里，温存地说，七妹，吃吧，家里没有什么好吃的，委屈你了。她看了看旁边垂涎欲滴的我，又将鸡蛋夹了点放在我碗里，才安心吃饭。我朝她笑，她也朝我笑。我妈说我是贪吃鬼。表姑笑了笑，说，阿闽还是个孩子。我们一家人都喜欢她。

我从懂事那天起，就知道表姑受尽了屈辱。奶奶带我去姑婆家走亲戚时，姑婆就会向奶奶哭诉，说表姑的婆家对她不好，动辄打骂表姑，经常打得她身上青一块紫一块的，表姑还忍耐着不说。奶奶听了姑婆的话，十分生气，埋怨姑婆将我表姑送给人家当童养媳。姑婆眼泪汪汪地说，没有办法呀，家里孩子多，养不起。奶奶抹着眼泪，心疼表姑。

一个圩天，表姑来到了我们家，左眼红肿，一看就是挨了打，她自己还说是摔跤碰伤的。奶奶不信，脾气暴躁的叔叔也不信，我也不信。叔叔气得要命，扬言要带人去刘家讨回公道。奶奶拦住了他，怕他去了会出人命。奶奶也很气愤，她想出了个主意，不让表姑回刘家去了，就留在我们家。奶奶说，等她长大了，再给她找个好人家，披红挂彩地出嫁。表姑留了下来，可是她并不开心，有几次偷偷地哭，被我发现了。她搂着我说，阿闽，千万不要告诉你奶奶。我点了点头，我保守了这个秘密。不久，表姑就偷偷回刘家去了。后来我才知道，她不愿意拖累我们，因为那时生活困难，多个人吃饭，多一份负担。

记得1973年春夏之交，正是青黄不接的时节，家里断了粮，靠野菜度日，我饿得浑身无力，眼冒金星。表姑的出现，给我们带来了活下去的希望，她挑着两小箩筐地瓜，走进了我们家。我看到地瓜，两眼放出贪婪的亮光。表姑拿起个地瓜，打了点水，洗干净递给我。我迫不及待地啃着地瓜，边吃边看着表姑。表姑微笑地看着我说，慢点吃，别噎着了。表姑的笑容一直甜到我心里，那时，她就是救苦救难的观世音菩萨。那两小箩筐地瓜，让我们家度过了一段困苦的时光。我一直不知道，那两小箩筐地瓜，她是从哪里得到的。她也没有说，送完地瓜，她就匆匆忙忙地走了。奶奶和我站在门口，目送着她远去的娇小背影，奶奶叹了口气说，七妹有情有义。我不希望她走，真想她牵着我的手，在田野里游荡。天空是蔚蓝的，田野是碧绿的，她的笑容是甜蜜的，我的心是温暖的。

我们怎么也没有想到，年纪轻轻刚刚结婚不久的表姑会死。噩耗传来，我哭了。姑婆来报丧的第二天一早，父亲和叔叔带了几十个族人，朝那个小山村直奔而去。两个表叔和我也跟在后面，我手里提着磨得锋利的小砍柴刀。这次奶奶没有阻拦。

表姑的尸体放在村头的一片草地上，用一块草席遮盖着，露出双穿红布鞋的脚，那是双走遍了附近山路的脚，可是再也不会走动了。刘家只剩表姑年迈的公公婆婆，她丈夫已经逃之夭夭。两个老人也在哭，在痛骂他们的独生子，他们说，是那个打靶鬼（该死的，挨千刀的）害死了七妹。左邻右舍都来向我们控诉，说是那混蛋害死了勤劳善良的表姑。那混蛋一直对表姑不好，打骂是家常便饭。他不喜欢表姑，还要和表姑结婚，婚后，他竟然带着村里的一个寡妇私奔了，表姑就喝农药离开了尘世。

刘家人见我们气势汹汹前来，也没有抵抗，仿佛由我们处置。父亲和叔叔虽然说满腔悲愤，可也是讲道理的人，不可能打这些对我们说好话的人，就收起了家伙。叔叔喊叫道，以后要是捉住了那个王八蛋，非千刀万剐不可。表姑的公公泪流满面地说，捉住他要千刀万剐，他不是人，猪狗不如。村里人也纷纷声讨表姑的老公，像是在开一场声势浩大的批斗会。父亲说，让七妹安息吧，大家别吵她了。大家才安静下来。

　　父亲和叔叔将表姑埋葬了，埋葬表姑的过程中，我烧着纸钱，泪水和纸钱的灰在风中飞溅。新起的坟包在细雨中显得苍凉而又凄迷，我的目光无法穿越群山，只能停留在表姑的坟头，盼望她能够重新出现在我眼前。

赤婆婆漫长的悲伤

　　我又梦见死去多年的赤婆婆，她依然站在村口那个荒废的茅坑旁边流着老泪，满脸无法掩饰的悲伤。赤婆婆已经死去多年，但我还会想起她来，想起她凄苦的一生。

　　小时候，我就知道赤婆婆的丈夫是红军。

　　奶奶给我讲过赤婆婆丈夫的故事。她丈夫参加红军，是因为欠了人家的债还不起。那年，闹扩红的时候，他就去当红军了。赤婆婆得知此事时，丈夫已经到队伍里去了。队伍驻扎在上官祠堂里，赤婆婆找到了丈夫，要拖他回家，口口声声说，不能就这样走了。面对不依不饶的赤婆婆，丈夫打了她一巴掌。赤婆婆哭着说，你就是打死我，我也要拖你回家。你不能走，你走了，我怎么办？丈夫说，我不能跟你归家，跟你归家，没有好处，天天有人上门讨债，而且，我当逃兵，抓去是要被枪毙的。有人叫来了农会的人，将赤婆婆拽走了。那天黄昏，赤婆婆的丈夫就上了战场。

我经常看到赤婆婆在薄暮中站在村口那个荒废的茅坑边，喃喃地说着什么。如果是夏天，那周边长满水草的茅坑里会传来青蛙的叫声。茅坑里的积水上面是青嫩的浮萍，青蛙就在浮萍中露出头来。我看到赤婆婆站在那里，风拂起她凌乱的白发，她仿佛在和谁说着话。她内心的悲伤随着语言飘散出来。有时，我会出现在她的面前，抬起头问她："赤婆婆，你在和谁说话呢？"赤婆婆看见我，马上露出了艰难的笑容："阿闽，婆婆没有和谁说话。"然后，她就会拉起我的手，一起回村里去。她的手虽然干枯，却很温暖，我同时可以感觉到她心灵的颤抖。

村里多次要把村口那个荒废的茅坑填掉，赤婆婆每次都毅然决然地加以阻止。我亲眼看到过赤婆婆以死保护那个茅坑的情景。那年，赤婆婆的儿子——脾气暴躁的生产队长不知道为什么，非要把那个茅坑填了。正当他带着人来到茅坑前时，大家看到赤婆婆坐在草丛中，手上拿着一把剪刀，对着自己的喉咙，冷冷地对儿子说："你可以不孝顺我，但是你不可以填掉这个茅坑！你敢填一下，我就死在你面前！"
赤婆婆决绝的样子让人动容，来的人都自动离开了，她儿子
也没有办法，只好骂骂咧咧地走了。他们都走后，赤婆婆用
手背抹了抹眼睛。

　　关于这个茅坑的真实故事是奶奶告诉我的。几十年前的
一个清晨，赤婆婆的丈夫上了战场。那仗打了三天三夜，就
在红军离开的第二天，有人告诉赤婆婆，她丈夫的人头被挂
在镇上的旗杆上示众。原来，她丈夫因为受伤留下来，被国
民党兵捉住了。赤婆婆一路撕心裂肺地哭喊着来到镇上的旗
杆下时，她哭得晕了过去。国民党兵得知她是死者的妻子，
就让她提着丈夫的人头在乡村里游行，还让她边走边说这样
的话："大家千万不要去当红军呀，当红军就是我男人这样
的下场。"最后，他们逼着赤婆婆把丈夫的头扔进了村口的
那个茅坑里，那时，赤婆婆的肚子里正怀着孩子。从那以
后，那个茅坑就没有再用了，村里人在深夜把赤婆婆丈夫的
人头捞起来埋了……奶奶说，赤婆婆的泪在那时就流干了。
奶奶还叹气说，赤婆婆含辛茹苦抚养大的儿子到头来不孝
顺，让她一个人过，还经常咒骂她，可悲可叹呀。后来她要
是肯改嫁，找个好人家，也不会这样孤苦。

　　提起赤婆婆的儿子，她常会愤愤地说，那是个生孩子没屁眼的人。他真的生了个男孩，没有屁眼。那是我上初中时的事情，一个秋天的早晨，我背着书包去上学，穿过那条悠长的镇街时，听到人们在七嘴八舌地议论。他们说赤婆婆的儿媳妇在夜里生了个男孩，没有屁眼，现在送到医院去钻屁眼了。那时，我们河田镇的女人仍然习惯在家里生孩子，请接生婆上门接生。据说，接生婆四嫂看到这个没屁眼的孩子，惊呆了。她一生中，不晓得有过多少婴儿经过她的手来到人世，也有过死婴的情况，就是从未见过没有屁眼的婴儿。她担心这个婴儿会死掉，就赶紧让他们带着产妇和婴儿去了医院。

　　我也以为那个孩子会死掉，对他的生命十分担心，他毕竟是无辜的，他父母的报应不应该在他身上显现。孩子没有死，手术非常成功，可无论如何，他是个替父母受过的人。让我惊讶的是，这个孩子长得眉清目秀。我晓得赤婆婆得知他生下来没屁眼，也急得团团转，让我奶奶陪她一起到庙里去烧香拜佛，给她的亲孙子祈祷。赤婆婆有个愿望，就是帮助儿子带孙儿。儿子对她还是怒气冲冲，因为孩子没屁眼的事情，他承受了人们背后的指指戳戳，还有闲言碎语，他觉得这一切都拜母亲所赐。他根本就不想让赤婆婆和他们住在一起。赤婆婆的儿媳妇长得丑，性情凶悍，不像个女人，动辄就发脾气，还动手打人，也是个惹不起的人物，比大耳朵的老婆梅英还厉害。她把丈夫收拾得服服帖帖，赤婆婆要去照顾孙儿，首先得过了她这一关。

赤婆婆实在太想孙儿了，她来到儿子家门口，对正在给孩子喂奶的儿媳妇说，我晓得你们讨厌我，我不会给你们添麻烦，我就想看孙子一眼，求你了，就让我看一眼，看一眼我就走。儿媳妇瞪着眼睛，走过来，腾出一只手，关上了房门，一句话都没对她说。赤婆婆在门外喊叫，就让我看一眼孙子，求求你了，求求你了——

有路过的人看不过眼，就说，你就开开门吧，赤婆婆都这样求你了，开开门吧。赤婆婆的儿媳在门里骂道，关你什么事？把你自己家里的事情管好吧。你老婆每天半夜三更钻谁的被窝，难道你不晓得。那人被她阴损，跳着骂了声泼妇，悻悻而去。赤婆婆无奈，只好离开。我一直很清楚，赤婆婆心心念念地想看孙儿。有时，她会躲在儿子儿媳发现不了的角落，偷偷地看着孙子。在她孙子两岁多的时候，赤婆婆生了场大病，躺在居住的泥瓦小屋里痛苦地呻吟。奶奶带着我一起去看她，奶奶还给她熬了中药。赤婆婆形容枯槁，奄奄一息。我有点害怕，不敢看她黑洞般的眼睛。赤婆婆说，唉，我就是想看看我的孙子，哪怕就一眼，死也瞑目。我突然想了个主意，跑出了赤婆婆的小屋。我来到她儿子的家门口，看见她的孙子一个人坐在门槛上吃地瓜干。我对他说，你爸爸妈妈呢？他指了指屋里。我不管那么多，抱起他，一路狂奔到了赤婆婆的小屋。赤婆婆见到孙儿，猛地从床上坐起来，睁大眼睛，浑身颤抖，激动得说不出话来。我将孩子抱到她跟前说，赤婆婆，好好看看你的孙子吧。赤婆婆仔细端详着孙子，伸出干枯的手，摸了摸他的脸蛋。孩子哇地哭起来。赤婆婆顿时手足无措。奶奶对我说，阿闽，赶快把细崽送回去。我只好抱着哇哇大哭的孩子出了小屋，将他哄好后，放回那门槛上。

　　赤婆婆的晚年十分孤独，靠政府的抚恤金为生。我当兵时，她和我奶奶一起把我送到镇政府门口，我上车前，她还拉着我的手，想说什么却什么也没有说出来，她的手在颤抖。我当兵后的第二年秋天，赤婆婆去世了，她是死在村口那个荒废的茅坑边的。那个清晨，有人在茅坑边的草丛里发现了赤婆婆的尸体。她死之前，没有什么预兆，只是在头天晚上，找到我奶奶，说他孙子去看她了。孙子流着泪喊她奶奶。赤婆婆很开心的样子，说孙子懂事，比儿子和儿媳妇都强，以后一定会有出息，她死也瞑目了。奶奶对她说，别总说死，好好活下去，将来享孙儿的福。赤婆婆笑着说，够了，我很满足了。奶奶还以为她只是说说而已，没想到她真的走了。

多少年过去了，不知道还有没有人记得一生凄凉的赤婆婆，也不知道有没有人记得她死去的红军丈夫。

枯 井

　　枯井在村庄的一隅，被疯长的野草掩盖着。枯井那边常年有些阴郁，纵然是阳光充足的夏日正午，枯井上空还是弥漫着一层驱不散的阴气。从懂事时起，我就听大人说，那口井原先淹死过一个男孩。大人们都说，不要到枯井那边去。所以，村庄里的孩童们都不敢到枯井边玩耍。

　　诡秘的枯井无时无刻不在诱惑着我，即使是在最饥饿的时候，只要我的目光接触到那片萋萋的野草，我的心就莫名地颤动。有一天我竟然鬼使神差地走向那口枯井。草漫过我的头顶，可以闻到草的清香，童年的我像个鬼精灵似的感到某种快活。我摸索着走进草丛，在一亩地不到的枯井边上迷路了，我顿时觉得很无助，风从头顶刮过，亲人都离我很远。我叫了一声奶奶之后，便大哭起来。不知哭了多久，一个过路的婶婶进来把我领回了家。婶婶把我带到我妈面前，对我妈绘声绘色地说："我路过枯井边，听到有孩子哭，吓惨我啦。还好听出是你家阿闽的叫声，我才斗胆进去引他出来的呦！"母亲在婶婶走后就拼命地打我的屁股，这时我没哭。晚上，我发烧了，家里人都以为我到枯井边中了邪，奶奶晚上还到三岔路口烧纸驱鬼。我答应不去枯井的原因是我害怕打针。我怕打针，一打针我就乱哭乱闹。我发烧后，医生给我打针，母亲在一边气咻咻地说："还去枯井么？去，就要打针。"我便求饶："妈，我再也不去了，不要给我打针。"

对打针的恐惧一直占据着我的心灵，可大人越是不让去枯井边，我的好奇心就越强烈。当我长成一个天不怕地不怕、独来独往的少年之后，我对枯井的好奇就酝酿得烂熟了。我一定要扒开那浓密的野草，到枯井边看个究竟。

那是个烈日炎炎的正午，四周的野草被阳光烤得热烘烘的，散发出一种清甜而又苦涩的味道。我钻进去，一层一层地扒开野草，来到枯井边。那是一口圆圆的井，全部用石头砌成。那些石块很潮湿，长满了滑腻腻的青苔，井口冲天，我可以看清井底的一切。井底是潮湿的石块，石块上长满了青苔和杂草。除了这些，我看到井底有一些粉红色的草纸。那些新鲜的粉红色的草纸让我吃惊极了。这不是没人来的地方么？这不是充满了邪气的地方么？关于枯井有鬼魂出没半夜有鬼叫的传闻一下子被揭穿了，新鲜的草纸证明了什么？

我没有告诉任何人枯井的秘密，虽然我真想对着人群大吼，枯井无鬼。在一个月圆之夜，我又一次走向枯井。这是寂静的山村的夜晚，月下的野草被夜露打湿，发出一种晶莹的光泽。当我靠近枯井的时候，听到了一种奇异的让人心惊肉跳的声音。接着，我吃惊地睁大了双眼：两个赤身裸体的男女紧紧地搂抱在一起。我愣怔了一会儿，转身便跑。我听到身后一个女人的尖叫："鬼！"我转身看到两个男女抱着衣服仓皇而逃。我惊呆了，那对偷情的男女以为我是鬼，被吓跑了。

我那时就想，自己充当了一个不光彩的角色。而且，令我不安的是，我打破了一对恋人的好梦。我总是负疚地在心底对那对恋人说："我是鬼！"我甚至渴盼，渴盼枯井重新冒出清甜的水来，让那对火热的恋人解解饥渴。在我十六岁那年，枯井被人填平，那块地种上了水稻。不知道为什么，我总觉得那块地上水稻的稻穗特别饱满。

水 蛭

20世纪70年代初，我父亲当生产队会计的时候，李文亮是生产队的出纳。李文亮和我父亲关系不错，经常到我家里来。他长得干瘦，而且走起路来有点瘸。在我的印象中，李文亮从来都是穿着长裤的，即使在炎热的夏季。后来有一次到他家里去找他儿子李效能玩，他正在洗脚，我发现他的右腿比左腿干瘪得多，全是血管和骨头，两条腿根本就不成比例。我问李效能，你爹的腿为什么会这样？他不肯告诉我。

李效能和我的关系时好时差。他说话有些结巴，大家给他起了个绰号，叫结舌子。我不能直呼他结舌子，否则他会恼怒，会涨红脸，半天憋不出一句话来，那样子十分好笑，也十分可怜。他不是李文亮的亲生儿子。李文亮和老婆三嫂不能生育，就到亲戚家抱养了李效能，把他当儿子。他们对李效能视如己出，十分疼爱。我们这些家里兄弟姐妹多的孩子，都羡慕李效能，他仿佛从来都没有饿过肚子。李文亮夫妻俩即使自己饿肚子，也不会让儿子没吃的东西。所以，李效能长得比我们壮实。我堂哥李土土经常欺负李效能，这让我很看不惯。他只要欺负李效能，李效能就不理我了，他晓得我和李土土关系好。有一回，我看到李土土抓了条水蛭（蚂蟥），在他面前晃来晃去，李效能大惊失色，撒腿就跑，他惊惶的样子，让我记忆犹新。

李文亮读过几年私塾，在我们村里也算个文化人，而且他的毛笔字写得很好，过年或者婚丧，村里人都请他去写对联。记忆中的李文亮十分地儒雅，从来没有和人吵过架，是个好好先生。有一次，他却显得惊惶。我十分清晰地记着那天的情景。我和邻居的孩子在一条小水沟里玩，上来时发现我的小腿痒痒的还有些痛，我低下头一看，一条水蛭紧紧地吸附在我的小腿上，还流出了血。我大叫起来。这时，李文亮一瘸一拐地走过来。他看到我小腿上的水蛭，惊惶极了，就像李效能看见水蛭一样。他浑身颤抖着把水蛭从我的皮肉中拔出来。李文亮将水蛭放在一块石头上，用另外一块石头使劲地砸着，边砸边发狠地说："我叫你害人！我叫你害人！"

　　回到家里，听了奶奶的话，我才知道李文亮为什么会对水蛭恨得发狂。奶奶心痛地用盐水洗着我被水蛭吸破的伤口，她说："孩子，要小心水蛭呀，如果它钻到你的血管里去了，你就和文亮一样了！"在我的追问下，奶奶讲了李文亮的故事。在我们闽西，水蛭是十分常见的东西，它在水圳和水田里到处可见。它靠吸血为生，只要它找到了人或者动物的皮肤，就会紧紧地吸附上去。不知道从什么时候开始，本来健健康康的李文亮就慢慢地干瘦下去了，特别是那条右腿变得越来越瘦，只剩下骨头和血管，正值中年的他变成了一个小老头。村里人都以为他得了什么怪病。后来他到城里的大医院去检查，医生发现他右腿的血管里有一只很大的水蛭，已经没有办法取出来了。那只水蛭一生都靠他的血存活着，李文亮一直为了这只水蛭活着。

　　从那以后，我就对水蛭产生了一种极度的恐惧。只要一看到水蛭，我就会想到李文亮那条被吸干了的右腿。一个人的生命被一只水蛭无情地折磨，是一件多么无奈而痛苦的事情。善良的李文亮把对他体内那只水蛭的愤怒埋在了心里，就像他把贫苦的生活埋在心里一样。过年，他在帮助村里人写对联时的表情是快乐的，每当我看着他微笑的脸，就会想到他疯狂地砸水蛭时的表情，很多时候，愤怒和疯狂又有什么用呢？时间让我们看到了命运的力量，时间也让我们看到了生命的力量。

元金生

元金生是一个傻子的名字。他是我的同龄人，个子长得比我高，智力却没有发育，停留在幼年的某个阶段。或许他的大脑根本就和我们不一样，我们理解不了他的想法，他也觉得我们不是正常人。

他活在自己的世界里。

我不知道在我懂事之前，他经历了什么，他的家人是不是像我的家人疼爱我一样疼爱他。我从懂事时起，就看见他成天在镇街上游荡，穿着破烂的衣服，浑身上下，从头到脚，都是脏兮兮的，散发出臭气。我不敢看他的脸：金鱼眼总是糊着眼屎，鼻涕口水从没停止过流淌，人中和下巴都溃烂了，像河流入海口冲积出的滩涂。

　　元金生就是傻子的代名词，每年春天脑膜炎流行的季节，我都十分害怕，害怕自己会得上脑膜炎。得了脑膜炎，就可能变成傻子，像元金生一样。每年度过了春天，夏天来临之后，我才放宽了心，侥幸自己没有得脑膜炎，没有变成傻子。不过，如果谁要是骂我："你怎么不得脑膜炎呀。"我心里就会咯噔一下，就会想起元金生那张脸。

　　我上小学时，元金生就高出了我一个头。有时在上学路上碰到他，他会朝我傻笑，鼻涕和口水会落到他脏污的脚盘上。我对他很是恐惧，撒腿就跑。我的同学郑文革不怕他，还会用小石子去砸他的头。我说，石子会砸痛他的。郑文革笑着说，没事，他是个傻子，不晓得痛。郑文革让我也用石子去砸他，我没有那样做。我做过那样的梦，梦见自己变成了像元金生那样的傻子，郑文革和几个顽皮的同学用石子砸我。元金生也会害怕，见到郑文革就跑掉了。有一次，郑文革用石子砸元金生，被元金生的叔叔看到了，元金生的叔叔追得郑文革乱跑。我想，元金生的家人还是心疼他的，可是为什么不好好待他，要让他出来乱跑，对他不管不顾？

　　郑文革的哥哥骚牯是杀猪的，师从老杀猪匠大水燕。大水燕满脸胡苴，力大无穷，河田镇的人大都怕他。只有元金生不怕他。我亲眼见过元金生傻笑着靠近大水燕的猪肉铺，突然伸出长长的手，在案板上拿起一块猪肉，撒腿就跑。骚牯见状，追了过去。骚牯捉住了元金生，要他归还猪肉，那年月，猪肉是珍稀之物，我们家一年也吃不上几次猪肉。元金生将猪肉塞进嘴巴里，使劲地咀嚼，骚牯按住他的头，要从他口中抢回猪肉，元金生死死咬住猪肉，骚牯一点办法都没有。大水燕走过来，对骚牯说，算了，算了，让他吃吧。骚牯骂骂咧咧地和师傅回猪肉铺去了。大水燕对徒弟说，元金生也挺可怜的，就让他吃吧。骚牯就不吭气了。元金生撕咬着那块生猪肉，口水滴滴答答地落在地上，不小心，猪肉掉在了地上，被一只守候在那里的狗叼走。他追着狗满街乱跑，不一会儿，狗就多起来了，一起抢那块猪肉。元金生扑过去，扑了个空，摔倒在地上，额头磕出了血。

元金生三天两头跑到大水燕的猪肉铺拿生肉吃，大水燕都习惯了，见他过来，便割一小块肉扔给他，他拿起肉就跑。我一直在想，生肉到底好不好吃。我母亲说，吃生猪肉会发癫，所以不敢尝试。我实在是搞不清楚，元金生小时候究竟是吃了生猪肉，还是得了脑膜炎，才变成傻子的。有段时间，我想去问问他的父母，到底怎么回事，最终还是打消了这个念头，怕被他父亲打出门。

　　元金生年龄小的时候，家人会找他回家过夜，随着他渐渐长大，家人就不管他了。他像条无家可归的野狗，在河田镇游荡。我们河田镇有个温泉，就在镇街的尽头。那是古老的公共澡堂，分男女两个大浴池。男浴池成了流浪汉和元金生的居所。夜深了，澡堂里没有人了，元金生和流浪汉们就到澡堂里去睡觉。渐渐长大的元金生和我们一样，对女人也有了想法。我曾经在中学阶段，喜欢过一个女孩子，但是我一直没有说出口，将那种情感隐藏在心里。元金生对女人的喜欢表现得和我们不一样。他见到漂亮姑娘，会突然褪下裤子，露出那截猪大肠般的东西，朝女人傻笑，有时还会尿出来。女人的脸立马红起来，咒骂着逃走。也有泼辣的女子，对他说，元金生，回家去找你妈妈。然后大笑着离开。那样泼辣的女子毕竟是少数。

　　那时候，我们河田镇还有个女疯子，不晓得她的年龄，蓬头垢面，经常躺在街边，破烂的领口处会露出黑乎乎的乳房。元金生会扑上去，咬住她的奶子，口里发出咿哩呜噜的声音。让人奇怪的是，女疯子没有推开他，反而抱着他，像是给儿子喂奶。有人说，那段时间，每天晚上，元金生都和她住在女澡堂里。过了不久，元金生和那个女疯子都消失不见了。没有了元金生的河田镇，仿佛少了点什么，让很多人觉得不习惯。我也会想，元金生和女疯子到底去哪里了？我有种美好的想象，他和女疯子产生了爱情，女疯子带着他走了，到一个世外桃源般的地方生活去了，其实他们都不疯不傻，都是潜伏在尘世的有情人，来到这个尘世，只为寻找到真爱。

过了两个多月，我的美好想象破灭了。

元金生神奇地回到了河田镇，还是那副傻傻的模样，还会到大水燕的猪肉铺拿生猪肉吃，见到女人还会突然脱掉裤子，被人咒骂，也被人驱赶。我重新见到他时，有些伤感。女疯子没有再回来，不知所踪。我心里想，元金生不回来，该有多好，我就可以一直美好地想象下去。元金生这样的人，不可能长寿，在漫长的岁月里，他活得无拘无束，却会让别人难过。我就是个替他难过的人，虽然非亲非故，可他是我的同龄人。

元金生死在我离开河田镇前一年的大年初一。那年的年夜饭，元金生不晓得在哪里吃的。也许是家人叫他回去吃了团圆饭，也许好心的人给他吃了东西，经常会有好心人用个破碗，盛点东西给他吃。吃完年夜饭，他不知道有没有到澡堂里去过夜。他在大冬天也穿着单薄的破衣烂衫，澡堂带给他温暖。大年初一的早上，有人在离我家不远的一个茅坑里发现了他的尸体。我闻讯跑去看，很多人围着那个茅坑。好心人将他的尸体捞起来，用清水冲洗干净。他一丝不挂的尸体异常肿胀，躺在地上，像吃饱了睡着了一样。有人去向他的家人报信，我看不下去了，默默地离开。在回家的路上，我的眼泪流了出来。

苍茫老屋

　　每次还乡，我总要去看看老屋。无论在雨中，还是在阳光下，破败不堪的老屋像个迟暮的老人，苍茫地面对无人料理的风烛残年。站在至今还屹立不倒的门楼前，看着上面写着的"饮水思源"四个遒劲有力的大字，心里充满了无限的感伤。这四个字，让我记挂于心，纵然走遍天涯，纵然时光流逝，也不能忘怀。

　　老屋是座三进三出的府第式建筑，还有一排偏房。进门楼后，是个偌大的院子，院子里有两棵已经不结果了的枣树。记得几十年前，枣树上挂满果实，孩童时期的我，一天天地期盼果实成熟。从枣树开满淡黄色的小花，到结成小小的果子，我心里对它们充满了无边无际的想象。六岁那年，枣子长得小指头大的时候，我就想，是不是可以吃了。那天，我站在枣树下，一直盯着满树的枣子，心里怪痒痒的，直咽口水，迫不及待地想尝尝枣子的滋味。于是，我爬上了枣树，我的脚踩在一条枝桠上，伸出手，摘下了一颗枣子。突然，我的脚下一滑，踩空了，掉落到地上，尽管我摔痛了屁股，痛得龇牙咧嘴，手中还是紧紧地攥着那粒青枣。王毛婆婆走过来，扶起了我，问我摔伤了没有。我忍着疼痛摇了摇头，其实半个屁股都肿了。王毛婆婆说，枣子还青，是苦涩的，不能吃。我点了点头。她走后，我躲到一个角落，将手中的枣子放进嘴巴里，嚼了一下，真的十分苦涩。我不忍心吐掉，连枣核一并吞到肚子里去了。在饥馑年月，苦涩的青枣也可以充饥。

成熟后的枣子很甜，甜得牙都要掉，尽管分到我手中的只有一把枣子，那也是一年之中最激动人心的时刻。分到手中的那把枣子，我舍不得一下子吃完，而是每天吃一颗，每颗枣子都细嚼慢咽，希望那香甜多在口腔里停留一些时间。后来，枣树不知怎么就不结果了，可是，我还是充满了期待，希望依然枝繁叶茂的枣树开出花，结出果来。父亲说，枣树不结果，是因为哑哥堂叔去世了，那两棵枣树是哑哥堂叔年轻时种下的。我不知道为什么哑哥堂叔死后，枣树就不结果了，那是一个谜。尽管枣树不结果了，但还会开花，那细小的黄花让我充满了希望，尽管希望之后是失望。那两棵枣树一直没有被砍掉，直到它们枯死。不过，它们像哑哥堂叔一样，在我心里一直活着。

那些有星星有月亮的夏夜，院子是我们最好的去处。我的童年时代，没有电视，也没有什么娱乐活动，甚至连电都没有。大家在院子里坐着乘凉，有人在闲聊，有人在打瞌睡，而我们这些孩子，则围在七巴爷爷身边，听他讲故事。七巴爷爷是讲故事高手，他肚子里到底装了多少故事，那些故事又是怎么来的，无从知晓，只知道目不识丁的他年轻时闯过江湖。他会讲《水浒传》里的英雄好汉，也会讲三国的纷争，最吸引我的，还是那些奇奇怪怪的鬼故事。那些让我又怕又爱的鬼故事，滋养了我童年贫瘠的心灵。李七巴不会白白给我们讲故事，我们须轮流给他捶背和扇扇子，只要我们的手停下来，他的声音也停了下来，我们的手动起来，故事才能继续讲下去。一个晚上下来，我们的手都酸了，那也是值得的。听完鬼故事的那些夜晚，自然会做噩梦。在噩梦中，故事中的鬼怪纷纷出现，它们抓住我不放，往黑暗中拖拽，我吓得大哭，哭醒后，发现奶奶慈爱地看着我，在飘摇的小油灯下，鬼怪不见了，巨大的安全感油然而生，甚至有种莫名其妙的幸福感，仿佛死里逃生一般。第二天夜晚，照样和小伙伴一起，缠着七巴爷爷讲故事，听得心惊肉跳还是喜欢听，哪怕再有噩梦缠绕还是喜欢听。因为我晓得，噩梦会有尽头，醒来后一切依旧，什么都没有发生。

从院子里的正门走进老屋，是下厅，下厅平常是放农具的地方，后来人口越来越多，无端地分出些新家，下厅也摆上了饭桌。下厅和中厅中间，隔着一个天井，这是老屋里六个天井中最大的天井。雨水落到天井里，顺着排水管道流到外面的水圳上。天井中间，有个很大的水缸，水缸里种着荷花，荷花盛开的时候，老屋就鲜活起来。从前，汀江水容易暴涨，河堤也容易决口，因为我们河田镇是福建省水土流失最严重的地方。一般在端午节前后，是发大水的时节，那时候，我们总是提心吊胆，生怕大水毁了家园。大水气势汹汹来临之际，我们会到高处去躲大水。有一年端午节，大水冲垮了河堤。我们站在高处的山坡上，看着狂怒的洪水淹没了田园，淹没了房屋，心里哀伤而又绝望。我担心大屋会被洪水冲毁，很多泥屋都在洪水中倒掉。没有人哭，人们只是默

默地看着洪水肆虐，多年以来，人们习惯了灾难，也习惯了
贫困，故乡的人们不会将哀伤轻易表露，洪水过后，他们还
会一如既往地重建家园。那次洪水，两天之后才退去。当我
回到老屋，发现老屋安然无恙，心里有了些安慰。我们发现
天井里竟然有很多鱼，那是洪水冲来的鱼，鱼都很大，大家
顿时忘记了哀伤，欢乐地跳到天井里抓鱼。当每家每户重新
生火做饭，炊烟腾腾袅袅地从屋顶升起，生活又回到了正常
状态。

中厅是老屋最大的厅，摆了六七张饭桌。老屋最兴盛的
时候，住了十多家人，都是我的亲房叔伯。中厅中央的壁幛
下，有长条形状的神龛，这个神龛有年头了，比我爷爷的爷
爷还要年长。逢年过节时，摆满香炉的神龛上香烟缭绕，我
十分喜欢那香火的味道，闻着那香火味，感觉有神仙住在心
里，也感觉到祖先的庇护。那些年月，壁幛上挂的是毛主席
的画像，过年过节焚香之际，老人们会把藏起来的祖先画像
偷偷挂出来，祭拜完后，又收起来藏好。后来，毛主席的画
像就被神像和祖先的画像取代了。中厅那时是生产队开会的
地方，也是家族议事的场所。生产队开会闹哄哄的，有时大
家会因为粮食分配不公而吵得一团糟，甚至打成一团，我总

担心我父亲会被板凳或者扁担击中。清明时节，家族的男丁
们会聚集在大厅里，商量祭祖事宜，还会因一些非常之事，
大家聚集在大厅里，商量对策。比如，有一次因为祖坟的事
情，家族的男丁们摩拳擦掌，策划了一场械斗。那次械斗十
分惨烈，很多人受伤，好在没有死人。对械斗，我一直心惊
肉跳，我不希望在大厅里听到这样的事情。我喜欢大厅里过
年过节祭祖时的香火味，也喜欢大厅里有喜事张罗，那样的
话，又欢乐，又有好吃的东西。当然，过年过节是童年最渴
望的事情。平常的时候，肚子里没有油水，搜肠刮肚的饥饿
感会让人绝望。在绝望之际，点燃我心里希望之火的自然是
过年过节。过年过节一定会有肉吃，无论如何，大人们借钱
也要买点肉，做些好吃的来度过节日。清明节之后，迎来了
端午节，端午节过后是尝新禾。尝新禾其实是六月节，这个
节日特别机动，各村都不一样，一般是新稻谷收获之后的一
周后过节，庆祝丰收。尝新禾过后是七月节，也是鬼节，整
个晚上，大人们都在打糍粑，据说是驱鬼，不管怎么样，我
们都不睡觉，等着好吃的东西，中厅整个晚上灯火通明，人
们有说有笑。八月节是中秋节，中厅也是热闹非凡，妇女们
整个晚上都在玩一种叫卜花的传统游戏。神奇的是，卜花的

妇女趴在桌子上，会进入一种神秘的状态，她们会像死去的人一样说话，说话的语气和说的事情都是逝者的，这让我长大后也百思不得其解。九月节是我们客家人的大节，登高望远，做好吃的，尊老敬老……然后就是春节。春节是一年之中最盛大的节日，中厅的热闹达到了一年的最高峰，大年三十夜晚，大家都不睡觉，在这里喝酒，玩耍。子夜时分，年长者打开大门，大家出去放鞭炮，辞旧迎新。我们这些小孩子最喜欢放鞭炮了，但是二踢脚还是十分危险，大人们千叮咛万嘱咐，让我们小心，说街上剃头店缺佬的兔唇就是小时候玩二踢脚被炸坏的。胆大的孩子，比如我土土堂哥就不怕，最喜欢放二踢脚，他会让我们离远点，捂上耳朵。整个正月，中厅有接连不断的宴席，很多来拜年的亲戚朋友在这里欢笑，在这里醉酒，在这里谈起悲伤的事情哭泣。

上厅和中厅，隔着一层壁幛和一个天井。那个天井比较小，我住的房间就在这个天井边上，每当落雨天，雨水从瓦楞上滴滴答答落下，宛如奏乐，在我心里留下美好的回忆。上厅比较小，也摆着饭桌，但是气氛比较阴森，因为上厅的上面是大屋的阁楼。从我记事时起，就知道阁楼是个可怕的地方，我和其他孩子们都不敢上去，上面堆满了稻草和棺材，那些棺材是给年老的亲人们准备的，有的油了黑漆，有的没有。传闻阁楼上闹鬼，但我们都不知道什么是鬼。过年时，每家每户都要酿米酒，酿好的米酒都藏在阁楼里。童年的我，特别喜欢米酒的甜味，那种甜味是种诱惑。有一天下午，大人们都到田野里劳作了，其他孩子也在院子里或者外面玩耍，我却偷偷地溜上了阁楼，胆战心惊地偷喝了两杯甜米酒。那种甜是有欺骗性的，喝完后，我就醉倒了，躺在稻草上沉睡。家里人到吃晚饭时，才发现我不见了。他们四处寻找，怎么找也找不到我，因为他们根本就没有想到，我会到阁楼上去。找不到我，奶奶呼天抢地，哭得死去活来。后来，是哑巴堂叔到阁楼里取稻草垫猪栏，发现了醉得不省人事的我，大家才转悲为喜。

中厅和上厅都有通向偏房的过道和门。偏房有不少房间，也有两个小厅，还有几个小厨房。我家的厨房和王毛婆婆的厨房挨在一起。那时节，大家的日子都不好过，特别是青黄不接的时候，菜里都没有油星，肚子很容易饿，不停地咕咕叫唤。要是闻到谁家炼猪油的香味，肚子叫得就更加厉害了，口水也情不自禁地流下来。为了不让别人看见口水流下来，只好紧闭着嘴巴，不停地吞咽口水。有一次，王毛婆婆家炼猪油，闻到香味，我躲在她家厨房门口的角落里，贪婪地呼吸着，猪油的香味仿佛是尘世最美的味道。王毛婆婆发现了瘦弱的我，她拿了个小碗，装了半碗猪油渣，微笑着对我说："闽闽，吃吧。"我一生都不会忘记那半碗猪油渣，它是我童年记忆里最美好的一部分，温情脉脉。王毛婆婆是老屋里对我最好的长辈，每当有什么好吃的，总是要给我一点，她自己都舍不得吃。王毛婆婆后来一直活到一百零一岁，在儿子上海的寓所仙逝。她去世时，我正在国外，没有给她送葬，十分遗憾。我回上海后，我桂生堂叔——王毛婆婆的儿子，还说，王毛婆婆死前还念叨我，希望我和她见上最后一面。听他说完，我流下了眼泪。其实，老屋里的亲房叔伯们尽管也会有矛盾，甚至动武，但还是相互照应着，打断骨头连着筋。谁家杀猪或者做什么喜事，每家每户都可以分到一些好吃的，谁家断粮了，也会相互接济。

　　老屋也留给我死亡记忆。那是刻骨铭心的死亡记忆。我爷爷就死在老屋偏房的下厅里。在偏房下厅的一个角落，放着一张床，我在这张床上陪了爷爷两年。爷爷五十岁就瘫痪了，不能走路，都是我照顾他，帮他擦身体，端屎端尿。某个春天的早晨，我醒来后看到爷爷在大口地喘气，他睁大眼睛看着我，眼睛里流着浑浊的老泪。不一会儿，他就断气了。死亡是一件重大的事情，我喊叫过后，大家都赶了过来。亲人们开始哭泣，开始操办爷爷的后事。爷爷死后，在他出殡前，我一直没有哭。直到出殡后的那个晚上，很多人在老屋的大厅里吃白饭时，我悄悄来到汀江边，对着呜咽的河水，号啕大哭。那时，我才真正感觉到，爷爷永远地离开我了。他死在老屋里，死在那个贫困的年代。有人在老屋里死去，也有人在老屋里降生，一代一代的人在这里生存，从这里走出去，直到这里再没有人居住。

　　老屋的确破败不堪了。上厅的阁楼倒掉了，很多棺材荒废在地上，窗棂上的木雕也被人挖走。围墙上长满了野草，门楼却依然苍凉地矗立着。去年回乡，我带小女李小坏去看老屋，站在我出生的那个破烂不堪的房间门口，泪水流了下来。小坏问我为什么哭。我说，爸爸心里有根弦被无情地拨动了。老屋已经无法修复，所有人家都搬走了，他们都有了独立的新楼房，我不知道这是好事还是坏事。离开老屋，我不住地回头张望，老屋还在那里，就是以后变成废墟，它也是我灵魂的栖息之所。

沉默的树

　　那棵老樟树在这个深夜突然又占据了我的心灵，我的内心一阵抽紧，我感觉到一股巨大的压力。这时我正在微信上和一个朋友聊天，我们在谈论关于生死的问题，这个问题十分深奥，谈得我很累。生和死的区别在哪里，我没有办法回答。我看不到朋友的脸，我不知道他此时的表情。我莫名其妙地关掉了电脑，呆呆地坐在电脑前，那棵老樟树突然浮现在我的眼前，将我的心灵占据。我听到树叶在秋风中瑟瑟的响声，我仿佛看到一道绿光划破了凝重的夜幕，那道绿光照亮了一张白纸一样的脸……

　　那张白纸一样的脸最初出现在我十岁那年的秋天。我整个童年和少年时代都是在一个叫水曲柳的乡村度过的。我清晰地记得那个晚上的情景。那个晚上没有月亮，也没有星星，只有满天的乌云。我在深夜醒来时，发现我的眼角还有泪水，我一定是做梦了，我一定是在梦中流泪了，但是我不记得自己做了什么梦，好长一段时间，我想不起梦中的情景。泪水让我奇怪，我觉得那时尽管生活十分贫苦，但是还是快乐的，我怎么会流泪呢，这让我百思不得其解。我努力地回忆着梦中的情景，可是无论怎么想，我就是想不起来。我抹去了泪水，就在这时，我突然听到有人在叫我的小名。

"阿闽——阿闽——"

那叫声十分缥缈，听上去很冷。

我把身体缩成一团。我用双手捂住了耳朵，我企图拒绝那种让我浑身发抖的声音。可是，那声音还是无遮无拦地进入了我的大脑。我感觉到我的魂灵正在被那声音勾走。那声音是如此熟悉，熟悉得让我害怕。我真想叫醒隔壁房间的父母，可是我没有那样做。是什么东西在控制着我，不让我那样做，我一无所知。我以为那叫声过一会儿就会消失，结果没有。过了一会儿，我仿佛进入了一种迷糊的状态，我下了床，走出了房间，来到厅堂里，厅堂里一片漆黑。我在漆黑中把大门打开一条缝，钻了出去。尽管我内心很害怕，但是我还是来到了门外，外面一片漆黑，那叫声还在，在不远处叫着我的小名。

　　我还听到我家那条忠实的老狗的呜咽声。我看不清楚狗在哪里。我奇怪它为什么不走到我面前来舔我的手。我们村里有个说法，如果在夜晚狗发出呜咽的声音，一定是它看到了什么不干净的东西了。如果它看到的是人或者其他什么东西，它会大声吠出来的。我听到狗的呜咽，心里更加害怕了。我突然觉得自己很无助，我想回家，可是我的脚不听使唤；我想大声地叫我爹我娘，可我的喉咙里像堵了一块软乎乎的东西，我怎么也叫不出来。

　　我鬼使神差地在黑暗中行走，那声音引诱着我，不知道要把我带往何方。我像秋风中的一片枯叶，随风飘零。在这样的黑夜里，我感觉到了彻骨的冷。我打着哆嗦朝一个地方走去。

　　那在黑夜里呼唤我的缥缈之声是女人的声音。分明是很熟悉的女人的声音，可是，我一下子记不起来她是谁。如果知道她是谁，也许我不会那么恐惧。我不知道除了我之外，还有谁听到了这种声音，或者说，在这个晚上，这个声音还呼唤过谁。我觉得自己被一张巨大的嘴巴吞没了，我的挣扎显得毫无意义，这个时候，我想到了死。我会不会在这个深夜死去？死又是什么？难道就是沉入黑暗，永远不见天日，永远见不到亲人和村里的乡亲？我恐惧到了极点，我觉得我的泪水在无声无息地流淌。在我的泪水流干之前，我会看到什么？

我在黑暗中行走，居然没有摔跤，我记得小时候的我经常在走夜路时摔跤，哪怕父亲举着火把给我引路。我就那样心怀恐惧地走在一条路上。我出了村庄，一直朝某个地方走去。我辨别不清方向。我不知道走在哪条路上。女人的声音一直在我的前面，好像是在给我引路。我流着泪，我想我就要死了，我再也见不到我的父母了，再也不能够在阳光下和小朋友一起玩耍了。我内心在经受着痛苦的折磨。

我走着走着就停了下来，此时，我觉得村庄已经离我很远了，我家那条呜咽的狗也离我很远了，它为什么没有跟着我？如果它像往常一样亲热地跟着我，我不会这样害怕，不会经受如此痛苦的折磨。我就那样莫名其妙地停住了脚步。我发现呼唤我的声音不见了。世界变得如此寂静，死一样地寂静。我仿佛可以听到泪水从我脸上滑落的声音，这种声音冰凉而又恐怖。泪水像一把锋利的刀子，划破了我的脸皮，有一种刺痛的感觉。寂静比有女人的呼唤声还可怕。我看不清楚我的四周，或许我的四周站满了人，死去的人。我张开了嘴巴，我好像在大声呼喊，可是我听不到自己呼喊的声音，我只能听到泪水滑落的声音。

　　就在我不知所措的时候，我突然听到了树叶子瑟瑟的响声，一道绿光划破了凝重的夜幕，那道绿光照亮了一张白纸一样的脸。是的，那道划破夜幕的绿光让我看到了那棵老樟树，还有树枝上吊着的一个人。这棵老樟树我印象深刻，它就在离我们村庄三里地的一片坟地旁边。好像有夜鸟扑棱棱地从坟地的杂草丛中飞起来，夜鸟的翅膀扇动的声音真实而又虚幻。借着那道绿光，我看清了树上吊着的那个人。那是个女人，她穿了一身只有在过年过节时才穿的新衣裳，她的脚上穿着一双崭新的只有在出嫁时才穿的绣花鞋。她低垂的脸是那么惨白，还有那长长的吐在外面的舌头……她的身体垂挂在树枝上，好像在晃动，又好像是静止的。我睁大了眼睛。我突然又听见了阴森森的说话的声音，我实在承受不了这巨大的恐惧，我直直地倒在地上，我陷入了黑暗之中，不省人事。

　　我醒来时,看见了父母亲焦灼的脸。我是在两天后才醒过来的,我昏迷了两天两夜。后来我才知道,那天晚上,有一个赶夜路回村的乡亲,在那棵老樟树下发现了昏迷的我,他没有听见女人的声音,也没有看到吊在树上的女人和她那张可怕的脸。他举着火把,把黑夜照得光明。是他把我背回了家。他把我背回家后,我父母亲不知道发生了什么事情,他们请来了村里的赤脚医生,赤脚医生给我检查了老半天,说我什么问题都没有,他说我休息休息就会醒来的。赤脚医生说得没有错,我终于在两天后醒了过来。在我昏迷的两天里,我母亲没有离开过我半步。她看我醒了过来,问我发生了什么事情,我只是摇头,什么话都说不出来。在很长的一段时间里,我丧失了说话的能力。我的父母亲一直没有从我口里得知那天深夜发生的事情。从那以后,我一直特别害怕黑暗,到现在我还要开着灯睡觉。

　　我知道,我看到的那个女人是我的小姨。我的小姨是我们村里最漂亮的女人。在我的印象中,她对我十分地疼爱,但是她对我疼爱的记忆只停留在我四岁之前。我依稀记得她对我疼爱的一些细节,比如在饥饿的春天里她会偷偷地给我一把地瓜干,那是从她口里省下来的粮食。小姨是在我四岁那年死去的。我只知道亲人们把她的尸体抬回了村庄，没有人告诉过我她是吊死在那棵老樟树上的。小姨的死是一个谜，一直没有解开。她是一个很善良的女人，她和丈夫、孩子和和睦睦地过着日子，从来没有听说过她和家里人吵架，也没有听说过她和村里人发生过什么矛盾，可她就那样死了，死得莫名其妙。她的微笑定格在我四岁那年的秋天。我父母亲每次提起小姨，都显得十分迷惘。他们会说，她怎么就这样舍得走了呢？死是一个难题，谁都很难面对！

　　那个晚上的事情发生以后，不几天就是中秋了。我丧失的语言功能还是没有恢复。那天中午，我偷偷地拿了一块月饼，来到那棵老樟树下。老樟树沉默着，它不会告诉我小姨死的秘密，永远不会，它的沉默是永恒的黑暗。我家的老狗一直跟着我。我和老狗在树下站了一会儿，我看到一只青色的大蚂蚱出现在了树下，我一阵恍惚，狗突然呜咽起来。我把那块月饼放在了蚂蚱面前，就领着我们家的老狗匆匆离开了那棵老樟树。我记起了那个漆黑的深夜，我在昏迷前听到的女人的声音："阿闽，我苦呀，好冷……阿闽，我好多年都没有吃月饼了……中秋节那天中午，我会回来，你要带月饼来——"

我一直没有把这事告诉给任何人，我不想提起这件事情，我想起来就害怕和难过。这是我内心的一个秘密，它那么真实地发生过，绝对不是做梦，因为我从不能清楚地记得梦中的事情。

想到这里，我浑身发冷，不住地颤抖。我不知道为什么会在这个夜晚和朋友谈起生和死的问题，人为什么要生，为什么要死，为什么快乐，为什么痛苦，这些问题太复杂了，我没有办法解答。我对着电脑屏幕发呆。突然书房里的电灯灭了，一片黑暗，现在不是用电的高峰期，为什么会停电呢？我百思不得其解。我看到黑暗中我关闭了的电脑屏幕突然亮了起来，我仿佛听到了树叶瑟瑟作响的声音，电脑屏幕上出现了一棵老樟树，黑白的，没有颜色。接着，我看到了一个女人，她打扮得很美丽，像一个新嫁娘。她把一根绳子攀上了树枝。那根绳子像一条蛇一样垂了下来。女人把绳子的另一端绑在了树干上，然后在垂下来的绳子上打了一个结，那是一个圈套，死亡的圈套。女人用几块石头垫起了自己的身体，然后把头伸进了那个圈套，她踢掉了脚下的石头，她的身体就垂挂在了树上。看得出来，她在上吊的过程中显得那么坦然，好像不是去赴死，而是做一件日常生活中应该做的事情。那树沉默着，什么也不说。那是一张脸，惨白的脸，还有长长的舌头，慢慢地在我的惊骇中占据了整个电脑屏幕……

出 走

一九七四年，我八岁。那年夏天，我突然想离开家乡，远走高飞。贫穷的家乡在我眼中是那么不堪，像一块在风中飘扬的破布条。我不知道自己为什么会如此厌倦家乡，会产生逃离的念头。我想起了远在他乡的姑姑，我一直以为她在福州，于是，在那个夏天，我偷偷拿了父亲的几块钱，离开了家乡。

我从福建最西部的地方来到了福州，一路上坐汽车坐火车，迷惘的目光不停地打量着外面的世界。下了火车，我随着人流，走了出去。我站在火车站外面的广场上，注视着这个陌生的城市，心里突然萌生了一丝恐惧，这个福建最大的城市张开了大口，仿佛要把我吞噬。我两腿发软，不知所措。在忐忑不安之中，我想起了姑姑。我想，要是找到姑姑，一切问题都会迎刃而解。可是，我姑姑到底在哪里？我竟然忘了拿姑姑寄来的那封信的信封，信封上有她的地址。我记得姑姑说过，她是火车站的搬运工人。我就去问那些铁路上的人，希望他们告诉我姑姑的消息，可是，他们根本就不知道我姑姑是谁，也不可能带我找到姑姑。其实，她是在南平火车站，我记成福州火车站了。

找不到姑姑，我十分失落，漫无目地在福州的街上行走，矮小瘦弱得仿佛是一缕无声无息的轻风。入夜，华灯初上，我真正恐慌起来，我不知道我该到哪里落脚，在这个大城市，谁会收留我，我又会碰到什么难以想象的事情。在迷茫中，我来到了五四路一家旅馆的门口。我记得爷爷说过，他从前出门在外住的是客店，心想，我晚上应该住在这里。我走进旅馆，对柜台后面的一个姑娘说，我要住店。那姑娘在织线衣，她头也不抬地说，介绍信。我不知道住旅馆要介绍信，而且我根本就没有什么介绍信，一下子呆在那里。姑娘站起来，发现我是个孩子，而且是个乡下孩子，她的目光温柔起来，说，小朋友，你从哪里来？我说我来福州找姑姑，没有找到，现在不知怎么办。姑娘动了恻隐之心，就让我住了下来，她说她是破例违反规定让我住宿的，还叮嘱我不要告诉别人我没有介绍信。我特别感激她。在那个旅馆住了几天，我的钱花完了，只好离开。那几天，我一直在找我姑姑，却怎么也找不到，好像这个世界上根本就没有姑姑这个人。如果我姑姑在福州，我要是找到了她，那该有多好。我喜欢这个到处都是榕树的城市，可是这个城市没有我落脚的地方，我的家不在这里。

我特别想家，想家的温暖，想亲人的好，后悔偷偷跑出来。我混上了开往厦门的列车，结果，在一个小站被凶神恶煞的列车员扔了下来，因为他查出我没有火车票。我沿着通往闽西的公路一直行走，饿了就去要饭吃，好心的人会给我点东西吃，一个地瓜，或者一碗稀粥，都是对我的恩赐和怜悯。也碰到过凶蛮的人，不但不给我东西吃，还放出狗来咬我，吓得我失魂落魄，惊叫着满村子乱跑。我终于走不动了，奄奄一息地躺在公路边的草丛里。要不是一个叫林天才的狱警，也许我就饿死在那里了。他开着吉普车经过时发现了我。他把我抱上车，拧开军用水壶的盖子，给我喂水，然后给我面包吃。那是我人生中第一次吃面包，许多年后想起来，还是那么香甜，后来吃的面包，都没有那块面包美味。

　　好心的林天才把我带到了三明。他问清了我的情况，对我说："我要执行任务，不能送你回家。"他让我和他在招待所住了一晚，第二天一大早就把我送上了开往长汀的长途汽车，还特地交代司机，路上要照顾好我，到了河田公社要让我下车，否则把我拉到县城里，我又找不到家了。在林天才的帮助下，我回到了家。家里人都以为我下河游泳淹死了，父亲和族里的人沿着汀江找了好久，都没有发现我的尸体，他们以为我的尸体被冲到下游，再也找不回来了。我像个鬼魂一样回到家里，家里人都面面相觑。父亲沉默着，没有说什么，母亲骂了我几句，奶奶哭着把我搂在怀里，嘴巴里喊着："心肝，心肝，你跑到哪里去了呀——"

　　回到家，我有种久违的幸福感，心里却还在想着外面的世界，想着福州那个美丽的大城，想着旅馆的那个姑娘，想着善良的林天才。我不安分的心，从八岁那年起，开始躁动，注定我要走出那片土地，浪迹天涯。

飞来的鸽子

　　一场洪水过后，十岁的小弟坐在屋顶上迷茫地眺望远方。大人们正在收拾洪水过后的残局。小弟养的十几只鸭子全部被洪水冲走了，那时，坐在屋顶的小弟十分忧伤。不知道怎么回事，小弟从小就厌恶读书，他只要一坐在课堂里就会沉睡过去，只上了两年学，他就死活不愿意去学校了。父母亲以及我众多的叔叔们想尽了办法也没有让他回到课堂里去。厌恶上学的小弟却迷恋上了养鸭子，他很成功地把几只毛茸茸的小鸭子养大后，就坚定了自己养鸭子的信心，没有想到，十多只鸭子却被一场洪水冲走了。母亲在收拾残局的过程中发现了屋顶上的小弟，母亲对小弟说："孩子，别伤心了，我再去买些小鸭子给你养！"

就在这个时候，小弟看到了鸽子，一只鸽子神奇地飞到了小弟的身旁。小弟听到了鸽子咕咕的叫声。鸽子的叫声把小弟的心激活了。小弟伸出了手，鸽子温顺地让小弟抓住了。父亲对小弟说："如果人家来找丢失的鸽子，你要还给人家的！"小弟没有说还，也没有说不还，只是低着头给鸽子喂食，和鸽子玩耍。洪灾过后，家里的粮食成了问题，一家人经常饿着肚子，小弟把自己吃的稀饭省下来，给鸽子吃。父亲看到这个情景，忧心地说："鸽子难道比你的命重要吗？"小弟无语，父亲没有办法，只好把自己碗里的稀饭留下一点给小弟吃，怕小弟会饿死。

过了好多天，没有人上门来找鸽子，小弟干瘦的布满菜色的脸上出现了笑容。父亲给鸽子在屋檐下做了个漂亮的鸽子屋。一天早上起来，小弟发现鸽子不见了。父亲说："鸽子一定是飞回主人家了。"小弟哭了，父亲摸着小弟的头说："孩子，别哭，等爸爸有钱了，买鸽子给你养。"过了几天，小弟来到屋顶上，他看到了一群鸽子，那群鸽子中，就有飞走的那只鸽子。鸽子们围绕着他，小弟心中充满了欢乐，朴素的欢乐。有了鸽子后的小弟并没有忘记鸭子，可是那时家里根本就没有钱买鸭子。一天，父亲偷偷地捉了三只鸽子，拿到集市上卖了，换回十几只小鸭子。小弟十分伤心，即使看到那些可爱的小鸭子也没有快乐起来。他精心照料小鸭子的同时，心里想着那三只鸽子。没想到，那三只鸽子在一个色彩斑斓的黄昏飞了回来……

小弟和神秘的鸽子发生故事的时候，我正在西北当兵，我第一次回家探亲的时候看到了那些可爱的鸽子，还有一大群长大了的鸭子。父亲十分忧虑，担心小弟不读书没有出息。我也没有办法说服他。我只好对父亲说，只要他快乐，就随他吧，不要难为他，人怎么过都是一生！那时家穷，我一个月有十块钱的津贴，我省下一点钱寄回家，却无法改变家里的状况，小妹又得了重病，小弟养的鸭子派上了用场，是小弟把鸭子卖了救了小妹的命。奇怪的是，两年后，在我们家境变好后的一天，小弟的鸽子都飞走了，一只也不剩。

酸　涩

　　金才是我的表弟。

　　我离开家乡前，每年过年，金才都会带着他的妹妹到我家拜年。他和妹妹都显得羞涩，话不多。我很喜欢金才和表妹，会带他们去玩，把好吃的东西给他们吃。记忆中，小时候的金才长得秀气，表妹也长得好看，像朵花儿。金才和表妹那时过得比一般人幸福，因为他们的爸爸，也就是我的姑父十分会赚钱，家境比很多人要好。

　　世事难料。我姑父在一次醉酒后，骑单车摔下了山崖，落了个半身瘫痪，家里的顶梁柱倒了，姑姑家一下子陷入了困境。那时金才十四岁。为了让弟弟妹妹们上学，减轻家庭的负担，金才辍学了。谁都没有想到十四岁的金才会去做生意。

　　开始的时候，他跟着一个同乡到石家庄卖香菇、木耳等土特产。一个南方少年，在石家庄一待就待了好几年。他去石家庄闯世界的时候，我已经当兵了。爸爸会在来信中讲些他的情况。我当兵后第一次回乡探亲，是春节期间。我见到了金才，那一年他十八岁，很俊朗的样子。他带着弟弟妹妹们来拜年。我们很开心地聊了很多，聊他在石家庄闯荡的故事，聊瘫痪的姑父和辛苦的姑姑，也聊我在部队的事。

　　金才是个很有孝心的人，后来他成了家，就将瘫痪的父亲接去一起住了，他说这样可以更好地照顾父亲。多年来，金才走了很多地方，走到哪里，他都带着父亲。我姑姑不肯到外地生活，固执地在老家守着。姑父后来死了，据说，他死之前，说了这么一句话："我这一生，幸亏有金才。"是的，因为金才，他在死之前的那几年，没有遭什么罪。

　　有时，我会想，表弟金才到底是个什么样的人。他很会做生意，从在石家庄摆摊卖土特产，到去西安开连锁超市，一路风风雨雨，也做出了一番事业。让我不解的是，他不光照顾父母亲，还照顾着弟弟妹妹，甚至跟他一起出去闯荡的乡亲。他给自己的肩膀增加了沉重的负荷，我担心他会不会被压垮。

　　2010年，我去玉树，路过西安，见到了金才。那是他生意最好的时候，在西安开了十多家超市。那时的他，也快四十了，留着大胡子，配上自来卷的头发，显得非常帅气，特别是那双大眼睛，十分有神。见到他，我很开心，很多担心都显得多余，其实每个人都有属于自己的道路。他听说我在玉树帮助那些受灾的人，给了我一万元，让我捐给灾区需要帮助的人。

　　2015年8月，我去了趟西安。在西安待了几天，只见了他一面，在一起吃了顿饭。金才憔悴了不少，我知道他当时很难，电子商务对他的生意冲击很大，以前的十多家店，现在只剩下六家了。最要命的是，在2014年，他去咸阳开了个饭店，失败，赔了很多钱，这对他是很大的打击。而那几天，他在为一家新店奔忙。我不知道他的新店命运如何，也不知道金才未来的命运如何，我只是觉得，他总能够找到自己的活路。金才在我心中，是个强大的人，但很多时候，我想起他来，心里会觉得酸涩。

连阴雨

　　关于春天的记忆，充斥着雨水、潮湿、霉烂、阴郁、饥饿、青草、洪水等等，缺少明媚与鲜花，那种灰色感知是由于旧日的残酷、穷困和匮乏造成，也许是时光把色彩过滤掉了，还原了春天真正的底色，那一览无余的苍凉。

　　1975年春天，同样是灰色的，关于这个春天的记忆，和丘火木有关。

　　那时，我是个小学四年级的学生，不知道上学有什么意义，对未来也茫然无知。雨季特别漫长，让我无所适从，感觉浑身上下都长出了令人厌恶的霉点，散发出腐烂的气息。春天里，饥饿如影随形，每天上午，从第三节课开始，就饿得浑身无力，瘫软得像条死狗。让我更加难以忍受的是，就在这个时候，我闻到了一股油条的香味，那是从我的同学林斌的书包里散发出来的油条的香味，全班同学里，只有他每天带根油条，到第三节课下课后吃，他父亲是公社的武装部长。神气的林斌目中无人，他独自慢条斯理地吃着油条之际，根本就不会顾及班里几十号同学各种各样的复杂眼神。我内心冲动，想象自己是一只凶猛的豹子，把林斌扑倒在地，夺过他手中的油条，以胜利者的姿态享用战利品，可是想象归想象，我根本就不敢那么做。我另外一个同学丘火木出现在我面前，朝我使了个眼色，我跟着他走出了教室。

阴霾的天空飘落着讨厌的雨水。我和丘火木跑过坑坑洼洼的操场，来到厕所的背面，躲在屋檐下抽烟。我学会了抽烟，师傅就是丘火木。他的裤兜里总是藏着烟丝、烟纸和火柴。他把烟卷好后递给我，自己卷了根烟叼在嘴上，从裤兜里摸出压扁了的火柴盒，细长干瘦的手指颤抖地从火柴盒中捏出一根火柴，不停地划着。因为潮湿，他用了三根火柴才把火点着。我们吞云吐雾，相互窃笑，脸上呈现出坏孩子的表情。也就是在那个时候，我们忘记了饥饿，忘记了油条的香味，忘记了武装部长的儿子。他告诉我烟丝是怎么来的，是他把大人扔在地上的烟头捡起来，掐掉烧焦的那头，剥开，取出剩下的烟丝，积少成多，我们就可以卷烟抽了。那个春天，我也去捡烟头，积攒烟丝，和他分享。我们因为偷偷吸烟，成了好朋友。

在我的印象中，除了我，丘火木没有其他朋友。他性格孤僻，不爱说话，即使和我在一起抽烟时，也少言寡语。还有一点，他长得老相，刮不出半两肉的脸黑乎乎、皱巴巴的，像个小老头。但他个子高，比我们班最高的同学高出半头，尽管如此，却显不出他的高大伟岸，因为他干瘦，而且总是佝偻着背，一副老态龙钟的样子。同学们经常嘲笑他，给他取了个绰号，叫老命，老命是我们河田镇人对老头的另外一种称呼。同学们肆无忌惮地嘲笑他，他从来不会恼怒，只是低着头，使劲地搓着手。我从来没有叫过他老命，一直叫他的名字。也许正因为如此，我才成了他的朋友，他才选中我和他一起抽烟。

那个雨季里，学校出了件大事。

五年级的一个学生，在男厕所的隔板上看到了四个用红粉笔写的字：打倒江青。他吓坏了，上完厕所就飞快地跑去报告了老师。老师觉得事态严重，马上报告给了校长。校长以前挨过批斗，心有余悸，赶紧跑到公社，将此事报告给了公社书记。于是，派出所所长带着两个公安人员进驻了学校，追查谁写了这条"反动标语"。在当时，这可是头等大事，没过多久，全镇人都知道了此事，人们都在议论，谁是那个写"反动标语"的"反革命分子"。

林斌在班里大声地说，这个"反革命分子"要是被抓住了，肯定要枪毙的！

他的话让同学们面面相觑，在没有抓住写"反动标语"的人之前，我们都是嫌疑犯。老师给每个人发了一张白纸，让我们在白纸上写下四个词语：打开、倒闭、江水、青草，然后签上自己的名字上交。我傻傻的，搞不清楚为什么要写这四个词语，后来才知道是为了核对我们的笔迹。那天下午放学后，学校没有让我们回家，而是开大会，派出所所长站在台上讲话，强调这件事情的严重性，还说什么坦白从宽，抗拒从严。天上飘落着苦雨，我们淋着雨站在操场上，饥寒交迫，瑟瑟发抖。

好不容易挨到散会，我觉得自己已经奄奄一息了。散会后，丘火木把我拉到厕所后面，说抽根烟再回家。那根烟仿佛补充了我身体的能量，让我有了活力。我说，火木，你认为是谁写的"反动标语"？他没有说话，抬头看着铅灰色的天空，表情十分古怪。天很快就要黑了，我们要在天黑前赶回家。抽完烟，他突然问我，西闽，我们是好朋友吗？我点了点头。他又问，我们永远都是好朋友吗？我又点了点头。他叹了口气，默默地走了，我站在那里，看着他佝偻的背影渐渐地消失在飘雨的暮色之中，心突然抽紧，觉得要失去丘火木这个朋友了。我喊叫着他的名字，朝他追了过去，他飞快地奔跑起来，我终究没有追上他，只好落寞地回家。

那晚，我做了个噩梦，梦见自己被抓去枪毙。梦中的我五花大绑，被公安人员押往刑场，背上还插着尖顶的木条，木条上写着：反革命分子李西闽。我的名字上还打了个红色的叉。很多看热闹的人跟在我后面，他们嘻嘻哈哈，像是在看一场戏。我不停地回头，寻找一个人，我希望他给我点根烟，在我被枪毙前，我希望抽一根烟。我要找的人就是丘火木，我怎么找也没有找到他，恐惧而又伤感的我，号啕大哭……我哭醒了，天还没有亮，黑暗将我吞没。

第二天，丘火木没有来上课。

第三天，丘火木还是没有来上课。

第四天，我明白了他为什么没有来上课，他被抓起来了。学校开除了丘火木，所有人都知道了一个事实，那所谓的反动标语是丘火木写的。我怎么也想不明白，他为什么要写打倒江青。同时，恐惧占据了我的心灵，我十分担心丘火木会被枪毙。很多人都认为他会被枪毙。我很难过，一个人躲到厕所后面，默默地流泪。一连几天，我都很悲伤，什么话也不想说。雨季还没有过去，天还是阴沉沉的，时不时落下讨厌的雨水。我捡了很多烟头，积攒了一包烟丝，可我没有抽，我想留给丘火木抽。他上刑场时，一定会在看热闹的人群中找我，我会卷一根粗大的烟给他抽。

　　就那样过了几天，我得知派出所没有送他上刑场，而是放了他时，我高兴得躲到厕所后面，一口气抽了好几根烟，几乎把自己抽醉，一整天都昏昏沉沉的，像个游魂。因为他还小，派出所的人才放了他，倘若他是个大人，后果不堪设想。尽管他没有被枪毙，也没有去坐牢，却不能回来上学了，我心里感到说不出的遗憾和失落，他再也不会和我一起躲在厕所后面偷偷地抽烟了。不久，听说他离开了河田镇，到外乡去了，好像是他父亲送他去学手艺了，是学做木匠还是别的什么手艺，我真没有搞清楚。有时，我路过他家门口，会停住脚步，用目光搜寻他佝偻的身影，可怎么也搜寻不到。

　　一年之后，他竟然成了英雄，这让我啼笑皆非，可我还是替他高兴。他在厕所的隔板上写的那个要打倒的人，被抓起来了，所以他成了英雄，这个结果我是怎么也想不到的。他被请回了学校，学校开大会表彰他，他穿了身簇新的衣服，坐在主席台上，胸口还戴着一朵纸扎的大红花，大红花看上去比他的脸还大。一年多没有见面，他的脸还是那么老相，还是那么黑，还是那么干瘦，脸上挂着坏小孩才有的笑意。我想起我们一起躲在厕所后面抽烟的情景，也笑了。我想，他现在是英雄了，也许以后不会再理我了。表彰会上，县里的一个领导给他发了奖品，一支金星钢笔和一本塑料封面的日记本。

表彰会开完后，我默默地回家。

回家的路是那么漫长，丘火木以这样的方式让我重新看见，我心里有了新的失落。走着走着，一辆吉普车停在了我面前，我吃了一惊，那时候，只有大人物才能坐吉普车。更让我惊讶的是，丘火木从车里钻了出来。他把我拉到一边，对我说，我还是你最好的朋友吗？我茫然地点了点头。他笑了，坏孩子似的笑容，他把手中的金星钢笔和塑料封面的日记本递给我。我更加茫然了，不知所措。他说，收下吧，我用不着这些，你才是读书人，你用得着。我说，不要，我不要。他强行把东西塞到我手里，说，你是我的好朋友，不给你给谁？我一时语塞，不知道说什么好。他扭头就走，我突然问道，你当初为什么要写打倒江青？他回过头，笑着说，我早就不想读书了，只有这样，学校才会把我开除。这个回答让我一生都感到意外。那辆吉普车把他拉到县里去了，说是去参加县里的什么大会。很多人都觉得他风光，我内心却有种凄凉。他没有回来读书，也没有风光下去，更没有混个什么公职，他依然是个普通的农民，时间一长，他那茬事情也被人遗忘得干干净净。

是的，故乡河田镇没有人记得他当年的事情了，去年我回河田镇参加高中同学聚会，问起这件事，大家都说记不得了，只有我记得。我没有考上大学，我去当了兵，丘火木送给我的钢笔和日记本，我一直带着，跟着我走了很多地方，遗憾的是，在一次搬家中遗失了，这是令我深感愧疚的事情。丘火木现在还在河田镇，在镇街上摆了个小摊，卖些杂货。他很早就娶妻生子，现在孙子都抱上了。我找到了他，问他，你还认识我吗？他摇了摇头。这个在孩童时代被人称为老命的人，看上去却比我年轻，这是让我觉得意外的事情。当我说出我的名字时，他笑了，和当年的笑容一模一样，他说，我们曾经是好朋友。

篾匠的葬礼

十一期间，我带着妻子和女儿回闽西老家，还没有进家门，就听到了哀乐和丧鼓声。哀乐是当地的民间艺人用唢呐、扬琴、二胡等乐器奏出的，我听得出来，那凄婉哀伤的曲调，是传统的客家民乐。丧鼓声有节奏地响着，每敲打一下，都像是敲打在我心上，让我莫名地感伤。我知道，村里有人去世了。到了家门口，才晓得，是我的邻居李月材老人故去了。七岁的女儿没有见过乡村葬礼，有点害怕，我告诉她别怕，她看着我，点了点头。每个人都难免对死亡充满恐惧，我和女儿一样，但我还是告诉我自己，也告诉女儿，别怕。

死者是个篾匠，他生前用手中一把锋利的篾刀，可以把粗大坚硬的毛竹变成柔软的竹篾，编织出竹席、簸箕、谷箩等竹制品。他是我们村里最好的篾匠，小时候，我时常蹲在他面前，看着他的巧手将竹篾变成竹制品，心里感叹他的神奇。我曾经产生过和他学手艺的念头，那时的乡村，有门手艺，意味着你一生都有着落，不管世事怎样艰难，总能够养家糊口。那个念头后来莫名其妙地消失了，我不知道是因为当篾匠辛苦还是别的什么原因，反正再没有产生过和李月材学手艺的念头。的确，篾匠的辛苦是可想而知的，没有一个手艺人是靠讨巧生活的，要做得比别人好，就得多流汗水。我也看到过他流血，有时不小心，篾刀会划伤他的手，流出鲜红的血，他的手上留下了许多刀疤。

　　他是我们村里最后一个篾匠。记得去年回乡，七十多岁的他还在编竹器，他的手明显不像年轻时那般灵巧，显得有些迟钝，但编出来的竹器还是那么精致。我问他，有没有带徒弟什么的。他说没有，说现在没有哪个年轻人肯学这种手艺，辛苦不说，赚钱也少，连他自己的儿子也对他的手艺表示不屑。我心里隐隐作痛，在他之后，我们村里就再也没有篾匠了，这种古老的民间手艺，将渐渐地消亡。当时，他的精神还很健硕，七十多岁的人了，还坚持做活。我说，现在生活好过了，你完全可以享清福了，还做什么活呢。他笑了笑说，闲不住。况且，能够赚点小钱补贴家用，也不会让家人讨嫌。我理解他，理解他那一代人，苦苦挣扎了一生的一代人。他一生受尽苦难，用自己的手艺养大了儿女们，最后，还不想拖累儿女。

我没想到他会那么快离开人世，我母亲说，他今年春天得了绝症，拖了几个月才撒手归西。母亲给我讲了不少篾匠的事情，他年轻时的事情，他的婚姻等等，都离不开两个字：苦难。现在，他驾鹤西去了，苦难结束了，也把他的手艺带走了。

葬礼十分隆重，整整办了六天，每天都有人来吊唁，每晚都有人守夜，鼓乐喧阗，很是热闹。送葬的那天，村里每家都派出了人，为他送行。我也在送葬的队伍中，感受着一个老人的死，感受着乡民对死者的尊重，也感受着活着的无奈、忧伤以及尊严。

女人和树

　　十五岁时的我是个迷惘的少年，总是游魂般孤独地在乡村游荡。我经常会在傍晚时分越过河堤走向河滩，去河里摸鱼。当我摸完鱼回家的时候，天已经黑了，河堤上的大树小树也已经黑了，那些常绿的南方之树由绿变黑的过程就像我成长的过程。有时我会坐在河堤上的那棵老樟树下，目睹天上的星星一颗一颗地冒出来，那时，夜露打在树叶上的声音多么细腻，树根也在缓慢地往土地深处延伸，我就想象我生命的骨节也如树枝一样生长。

　　其实河堤上的树和女人有着千丝万缕的关系，在那些穷困的岁月里，有多少女人在树上寻找归宿，可十五岁以前的我没有悟出女人和树之间的奥秘，尽管我老早就听见过女人的哭声从夜晚隐秘的树丛中传出。

我发现女人和树的关联，是在迷惘的十五岁的深秋。

那个深秋天气寒冷，朔风吹裂了我的嘴唇。在寒冷的深秋的傍晚下河摸鱼是十分痛苦的事情，但我必须这样做，第二天一早上学前拿到镇上的集市去卖，换些买书的钱。我回家经过河堤的时候，发现那棵老樟树上吊着一个人，月光照出了那人的轮廓，是个女人。

当时我大叫一声提着鱼篓就跑，狂奔了一段路后，我停了下来。我突然觉得自己是个大人了，我要去救那个女人。我回到老樟树下，吸了口凉气就爬上了树。吊着女人的绳子十分结实，我使足了吃奶的力气才放下绳子。我听到了女人身体落地时发出的沉闷的声音。我没有来得及下树，就看到来自村庄影影绰绰的火把，村里人赶来了。那些生命力旺盛的火把终究没有挽回女人的生命。当人们围拢过来，哭声漫过夜色的时候，我躲到了一旁，没有人理会我，人们为女人的死而心情沉痛，我也为女人的死悲痛，泪水从我的眼眶里漫出来，无声无息。

我始终没有去探寻那个女人的死因，我没有必要了解那么多，了解了她的死因，对我的心灵是一种打击。我只知道她是我们村庄里最美的小媳妇，她活着，是我们村庄的荣耀。她会唱很多好听的歌，还会把花儿插在头发上，让我少年的心感受到生活之美。她的死对她的家人来说是一种伤痛，对她自己来说，则是一种解脱，她一定有不想活下去的理由。我希望她在另外一个世界里快乐地歌唱，我会在一些有月光和星星的晚上听到她的歌声清水一样漫过我的心灵。

女人死后埋在山里，我没有去看她的坟墓，我不知道她的坟头是不是一年四季开满野花。我只是在许多日子里，对着那棵老樟树黯然神伤。树是常绿的，还有新枝悄然探出，让我产生许多想象，那新枝难道是女人的灵魂和肉体变的？

我在一个清晨醒来后，走向河堤，我看到老樟树的叶子晶莹发亮，露水清凉而甜美。该是女人滋润了那棵树吧？我坐在老樟树下，忘记了饥饿和寒冷。我在那个深秋的清晨，感受到了女人的滋润和树的滋润，我在自然的风中呼吸着绿色的气息。人永远是活在新鲜空气中的精灵，无论生或者死。

尾 巴

有时我会想起他来，他在我的记忆之中若隐若现，神秘而又模糊。我甚至记不起他的名字，但是有关他的事情，却让我感到惊奇。他是我们小镇上的一个刻印人，在小街旁边的一个小店里长年累月地给人家雕刻印章。我曾经想，人们要那么多印章干什么？他因为身患小儿麻痹症，从小双腿不能够行走，而且背上还鼓起一大砣肉，是个罗锅。正因为如此，他从小就去学习刻印，从小就靠刻印为生，也就不必参加劳动了，成天穿得干干净净，脸色白皙，十分让人羡慕。更让人羡慕的是，他还讨了个漂亮而又能干的老婆，给他生了个健康而且长得很好看的儿子。

就是这样一个人，曾经有一段时间让我十分苦恼和纳闷，因为传说他长着一截尾巴。在我们那里有个说法，说是长尾巴的人绝顶聪明，这些有返祖现象的人，有种天生的神力附体！想想看，这么一个人，既没有上过学，也没有拜过师，就会刻那么多的字，而且刻得那么好，他的大脑里一定有什么神秘的东西。让人惊讶的是，他竟然还会算命看风水。我很小的时候，我父亲就把我带到他的面前，让他摸我的头骨，摸完后他就对我父亲说："这孩子长大了会有出息的。"这不算什么，这样的话谁都会说，对任何一个孩子都可以这样说，不足为奇。他有更绝的，有一次，一家人造了新屋，搬进去后就觉得不对劲，每天深夜仿佛有人在厅堂里走来走去，家里的人全都睡下了，有谁会在厅堂里走呢？厅堂中间神龛后面的壁幛也总是哗哗作响，弄得这家人心神不宁。他们就请他去看，他被人背到了这户人家，然后在厅堂里拿着罗盘对来对去，最后，他说厅堂中间地下三尺有东西。主人想，会有什么东西呢？尽管主人半信半疑，还是让人挖开那个地方，结果挖出来一具死人骨头……你说这个人神不神？

　　我们河田镇的人对他都十分尊敬，关于他长着一截尾巴的事情也只是在背后说说，从来没有当着他的面说过。可是，我从小就是一个爱刨根问底的人，他长着尾巴的事情折磨得我要死，如果不证实这个问题，我会憋死！那一天，我放学后就独自来到了他的小店，见他正专注地雕刻一枚印章，还不停地吹出一口气，把雕出的碎屑吹掉。他吹气的样子十分从容，让我感觉到一个靠智慧吃饭的人的优雅和幸福！我站在他面前，他一抬头看到了我，他的脸是四方的，很白，他笑了笑，对我说："你要刻印？"我摇了摇头："我想问你一个问题，你真的长了尾巴吗？"他沉下了脸："回去问你爸，问他有没有长尾巴。"我知道他是不会告诉我的了，我飞快地跑了。我也曾拿这个问题问过他的儿子，他儿子也没有告诉我他父亲究竟有没有长尾巴！我真的不死心，我真希望看到他长着一截尾巴！我们小镇上有个温泉，据说在明朝的时候就有澡堂子，澡堂子分男浴池女浴池，男人们在一起，女人们在一起，都是脱光了洗的，很是热闹，有些人甚至在澡堂里比命根子的大小……还是说到那个传说中长尾巴的人，我怎么就没有发现他在澡堂里洗过澡呢？如果看到过，那么，他的尾巴不就一目了然了吗？他不可能不洗澡呀！经过一番观察，我发现他是去那收钱的单人澡堂里洗澡的，据说每天背他去洗澡的那个人还负责给他搓背，我想象着，那个人有没有搓过他的尾巴。一天晚上，我看到那人背着他进了澡堂。怎么办？我是不可能进去看的，我看着高墙上那个透风用的窗口，有了主意。我爬了上去，是的，我看到了泡在澡堂子里的他，可是水雾太大，我根本就看不到他的尾巴。这时有人叫了一声："谁在偷看——"我就跌了下来。我的身体都擦破了，好在没有摔断骨头。

现在想起来，觉得有些奇怪，当初为什么要去证实那个人有没有尾巴呢？他有没有尾巴和我有什么关系？传说中尾巴是智慧的象征，我曾经多么希望自己也长出尾巴来，过着优雅幸福的生活。那是十分可笑的一个梦想。现在回想起来，那个传说中长了尾巴的人，他一生的痛苦我又知道多少呢？我们往往只看到事物表面的繁华，却看不到一个人内心的荒凉。我现在对于有尾巴的人聪明的说法产生了怀疑，如果那样，人类为什么还要进化呢？不过，那倒是一个很有趣的说法，那个聪明的怪人，他顽强地存在于我的脑海中，是有他的道理的。

殁于浅水

钟红卫死前风光过一阵儿。那是"文化大革命"时期，这个农民的儿子不知道怎么混进了"县革委会"，然后作为工作队的队长回到了我们乡。小时候，我见过他横行霸道的样子，他经常带人去抓"投机倒把"的人，然后把他们绑起来，用一根长长的绳子串在一起在小街上游斗，还在他们的胸前挂一块木牌，木牌上写着"打倒投机倒把分子"的字样。其实那些所谓的"投机倒把分子"，都是贫苦的人，他们不会投机倒把，只想通过卖东西换点养家的钱。

钟红卫是个狠角色，连他手下那几个人也都说他做事情实在太过分了，比如他曾抓我们乡一个七十多岁的老婆婆去游斗。抓老婆婆游斗的理由是她的儿子解放初期被国民党抓了壮丁。钟红卫那天把老婆婆绑起来，在街上游斗完后，还让她站在一块空地上"低头认罪"，整整站了一个下午。那天天很冷，穿着单薄衣裳的老婆婆在寒风中瑟瑟发抖。我奶奶带着我去给她送了一件蓑衣避寒，被钟红卫发现后，把我奶奶恶狠狠地骂了一通，还把那件蓑衣没收了。凶神恶煞的钟红卫和在寒风中瑟瑟发抖的老婆婆形成了鲜明的对比。我奶奶说，钟红卫不得好死。我们乡里的许多人都说钟红卫不得好死。乡里人咒他不得好死的原因很多，不光是他抓人去批斗，无端地打人骂人，狠毒地鱼肉乡亲，拼命地敲诈勒索，他还利用手中的权力把乡里一个叫五香的女人的未婚夫送去劳教，然后逼五香和他结了婚……那时候，我一直想，钟红卫如果真的不得好死，他会怎么死？

"文化大革命"结束后，钟红卫回到了乡里，没有一个人理他，他像一只过街老鼠，只不过没有人打他。我们那里的人很厚道，看他灰溜溜的样子，也就不提他当年风光时的狠劲了。我以为五香以前那个被钟红卫送去劳教的未婚夫会报复他，结果他没有那么做。他劳教回来后，娶妻生子，对五香已没有什么想法了。

乡村里的事情，谁也说不清楚。钟红卫死的那年我十四岁，那天早上我和同学很早起来到河堤上去背诵课文，我们在河堤上看到小河的浅水里躺着一个人。我们下到河里，河水仅没到脚踝，我们看到躺着的那个人是钟红卫。钟红卫死在了浅水里。我们看到钟红卫的尸体后，慌忙冲上了河堤，朝乡村里奔跑而去，边跑边大声地叫着："钟红卫死了，钟红卫死啦——"钟红卫死了，他老婆五香求村里人去给钟红卫收尸，村里还是去了不少人，大家帮着把钟红卫安葬了。派出所也去了人，调查了一番，认定不是他杀，钟红卫的确是自己在小河的浅水里淹死的。据钟红卫在另外一个村的亲戚说，前一天晚上，钟红卫在他家喝了一点酒，然后玩了一会儿牌，深夜才离开。也许是钟红卫过小桥时掉进小河里淹死了，也许……很多事情我想不明白，到现在也想不明白，怎么那么浅的河水可以淹死一个身体健壮的男人呢？其实，钟红卫是个长得很帅的男人，多年以后，我仍然可以回忆起他英俊的脸……可惜这么英俊的男人却做了那么多令人不齿的坏事。

他死后，乡村里的人经常用这样一句话来教育不学好的年轻人："你可不要像钟红卫那样被浅水淹死！"这句话我老家的人现在还说不说，不得而知了。

灵　蛇

　　闽地多蛇，关于蛇的传说也很多，我从小就听过很多关于蛇的奇奇怪怪的事情。现实中的事情和传说毕竟有很大的差距，但也十分动人。蛇是灵物，我一直这么认为。我们老家有这样的说法，新婚的女子要是梦见了蛇就会生儿子。说起来有些玄乎，可是我对那件真实发生过的事情却记忆犹新。

　　在我小的时候，大部分人家都很穷，但要是有人结婚，那是十分热闹的，像过年过节一样，鞭炮的声音渲染着喜庆的气氛。我七叔结婚时也是那样，热闹非凡。我们那里，接亲都在晚上，我们在这个晚上都是无眠的。凌晨时分，七叔背着新娘回来了，顿时鞭炮齐鸣，锣鼓喧阗。有人在七叔家门槛上杀了一只鸡，这叫"拦门鸡"，以防将煞气带入家中。七叔背着新娘进了家门，焚香拜过祖宗后就进入了洞房。在洞房里，七叔和新娘合吃了一整只鸡，这叫"面碗鸡"，意为夫妻恩爱，永不分离。说实话，我们这些小孩子看到七叔吃鸡，都流下了口水。七叔要把鸡分给我们吃，老人们不让，说这鸡是不能分给别人吃的。尽管如此，我们心里还是为七叔的婚事充满了喜悦。七叔和新娘吃完鸡后，他们要圆房了，老人们就把我们赶了出去，并且关上了房门，房间里就剩下七叔和新娘了。

我们也不散去，就在厅堂里闹着，过了片刻，洞房传来新娘的一声尖叫！我们不知道发生什么事情了，大人们也不知道发生了什么事情。新房的门开了，新娘慌慌张张地从新房里跑了出来。大人们赶紧冲进新房，我也挤了进去，我看到七叔婚床上的被子被掀开了，床的中央有一条蛇盘在那里。我怎么也不敢相信自己的眼睛，怎么会有蛇跑到七叔的婚床上呢？我奶奶对大家说："这是好事情呀！"有个年轻人要打蛇，被我奶奶制止住了。接着，奶奶烧了三炷香，边烧香口里边念叨着一些我听不懂的话。那条蛇在奶奶的念叨中爬下了床，溜出了房间，然后从狗洞里溜走了，消失在乡村的夜色之中，那时，田野里充满了稻花的芳香。奶奶笃定地说，这条蛇是好的兆头，让七叔和七婶不要害怕。

　　从那以后，七婶经常在睡梦中梦见那条蛇。有时，她会跑过来告诉我奶奶，奶奶就笑着对她说："这是好事呀，你一定会生个男孩！"那时，村里人重男轻女的思想还很顽固，听了奶奶的话，七婶十分高兴。让我觉得神奇的是，七婶真的生了个男孩，而且就这么一个男孩，后面生了两个都是女孩。七婶生的男孩从小就相貌俊秀，而且聪敏过人，谁见了都喜欢。奶奶说，这孩子身上有灵气，日后必成大器。果然，我这个堂弟上学后成绩一直名列前茅，考试回回拿第一，小学毕业后考上县城里的重点中学，后来又考上了名牌大学，现在在国外搞科学研究。

　　从堂弟出生时候起，我就觉得他和别人不一样，我的脑海里时常会产生一个奇怪的想法，他是不是那条蛇变的。蛇是灵物，它带给我许多非凡的想象。有时，我在田野里看到一条蛇从草丛中优雅地滑过时，我希望它给我带来好运。我不知道我母亲怀我时，有没有梦到过蛇，我一直想问母亲，但是一直没有开这个口。我知道，我内心里一直希望自己具备蛇的灵性，那是万物之精华。

猎　狗

　　狗年又来到了，我想起一条狗，那是我们村里李九寿家的猎狗。

　　记忆中，那条猎狗高大威猛，目露凶光，每次路过李九寿家去上学时，我都心惊胆战地提防着它，怕它突然朝我扑过来，狠狠地咬我一口。没事的时候，那条猎狗半蹲在李九寿家的大门口，吐着舌头，审视着过往的路人。李九寿是远近闻名的猎人，他的猎狗和他一样著名。李九寿看上去也是一副凶相，但是他对我却十分友好。每次看见我害怕他的狗时，他就会笑着对我说："狗很懂事的，他不会咬你的。"尽管李九寿这样对我说，我还是害怕那条狗。

　　那条猎狗的确没有咬过我，却咬过别的人。我们村里有个无赖，老是偷鸡摸狗，一个晚上，他潜进李九寿家的猪栏，企图把李九寿的猪崽偷走，结果被猎狗发现了，猎狗毫不客气地撕掉了他大腿上的一块肉。后来，那个家伙想毒死猎狗，他把老鼠药放在一个饭团里，扔在猎狗面前。猎狗看都没有看那饭团一眼，弄得那无赖十分郁闷，猎狗却认识他了，每次看到他都要往上扑，他只好躲得远远的，敢怒不敢言！

李九寿对他家的猎狗就像对自己的儿子一样珍爱，我每次看到李九寿抚摸着猎狗的头给它喂食时，我就会有一种莫名的感动。更让我感动的是李九寿和猎狗一起在黄昏时分上山打猎的情景。猎狗欢快地走在前面，李九寿扛着土铳稳步地走在后面，夕阳照在他们身上，温暖而舒畅。那时，我就会产生无穷无尽的想象，想象猎狗扑到荆棘丛中，叼起被李九寿击中的猎物……我没有看见过李九寿和他的猎狗在山林里打猎的情景，但是我从乡邻口中知道了李九寿和他的猎狗在危难时刻相互依存的故事。

那时，我们老家的大山里还有豹子之类的猛兽。李九寿在打猎时就碰到过豹子，而且不止一次。据说他年轻时曾经赤手空拳地和豹子搏斗过，身上留下许多不可磨灭的伤疤。

也许是猎人的宿命，在他六十二岁那年的一个秋日，他带着猎狗上山打猎时，又一次碰到了豹子。我不清楚他和他的猎狗是怎么和豹子遭遇的，也不知道他和他的猎狗是怎么和豹子以命相搏的。我只是听说，在那个深夜，浑身是血的猎狗跑回村里，叫醒了李九寿的儿子。李九寿的儿子知道出事了，就叫了很多村里的年轻人，举着火把抄着家伙，在猎狗的带领下，朝山里呼啸而去。他们把奄奄一息的李九寿抬回村里，送到乡卫生所去抢救。大家都在关心李九寿的生死，却没有人注意那条猎狗，当李九寿在那个秋天的清晨醒转过来，问起猎狗时，大家才去找它，发现它已经死在卫生所的一个角落里了。

李九寿得知他心爱的猎狗死了，老泪纵横，一句话也说不出来。是猎狗救了他一命，李九寿在很长一段时间里，都沉浸在悲伤之中。从那以后，他把土铳束之高阁，不再上山打猎了。

很多人会在不经意间问起那个晚上和豹子遭遇的事情，李九寿全部用沉默来回答，直到他死也没有把事情的真相说出口，那头豹子也不知去向。李九寿在他的余生里经常会说："有时人还不如一条狗有情有义。"

红　鱼

　　阿花是我初中时的同学，长得很是秀气。她有两条小辫子，因为她的头发又细又黄，我们都在私底下叫她黄毛。让我怎么也搞不懂的是，阿花的脑袋瓜特别笨，经常考试不及格，老师骂她是"花岗岩脑袋"。她经常一个人偷偷地躲在学校一棵巨大的桉树后面哭泣。我见过她眼睛哭得又红又肿的样子，可怜兮兮的。在相当长的一段时间里，我很同情她，甚至不说她是黄毛了，别人说她黄毛我也会制止，同学们都以为我和她有什么特殊的关系。

　　谁也没有想到，一个偶然的事情竟然改变了阿花的命运。

　　那天早上，我刚刚来到学校，就听到同学们说阿花出事

了。阿花的家在离我们小镇十多公里的山里，所以她是住校
生。那时我们学校的学生宿舍都是上下两层的架子床，阿花
的铺位在架子床的上层。就在昨天晚上，阿花在睡梦中摔下
了床，同学们说，阿花摔得很重，已经住到城里的医院里去
了。听到这个消息，我心里十分难受，被什么东西堵得满满
的。我眼前老是出现阿花哭得又红又肿的眼睛……在阿花住
院的那段时间里，我总想去看看阿花，可我没有到城里的盘
缠。我们只能从老师嘴里得知阿花的一些消息，老师说，阿
花已经脱离危险，很快就会回来了。

　　我承认那是一次满怀焦虑的等待，尽管是短短的一个
多月时间，可我觉得好像过了一年。阿花回到学校的那
天，跟从前并没有什么两样，阿花还是像往常一样来上
课，还是那样少言寡语。她回来后，我悬着的心回到了肚
子里，那个晚上我睡了一个好觉。阿花根本就不知道我曾
经为她焦虑过，多少年过去了，这个秘密我一直没有和任
何人说。

　　让所有同学刮目相看的是，阿花自从摔了以后，居然
变得聪明了。阿花的学习成绩一下子跃居我们班的前三
名。有些同学说，阿花的爷爷是有名的老中医，肯定是她

爷爷给她用了什么药，才使她变聪明的。关于阿花变聪明的说法很多，但是都没有什么说服力，反正这一摔使阿花开了窍。

　　阿花聪明了，不是花岗岩脑袋了，老师也不骂她了，我再没有见过她哭红眼睛的样子。有一天，我问她为什么突然变得聪明起来，她没有直截了当地回答我的问题，而是告诉了我一件事情。她说就在她摔下床之前的一个周末，在回家的路上，发现汀江边上的水草丛中有一条很大的红鱼。她就蹲在江边，看着那条红鱼，直到天黑了，看不到红鱼了，她才回家。据说有红鱼的那段河道里，经常会淹死人，相传有些水鬼会变成各种各样的鱼来引人下水……阿花没有考虑这么多，那些传闻在她的心中没有起任何作用。结果，她在回学校的时候，又看到那条红鱼了。她不能忘记那条红鱼，一直想着它，甚至在睡觉时也梦见它，她摔下床的那个晚上，就梦见自己和红鱼在一起……我不相信是那条神秘的红鱼改变了阿花，那个周末，我和阿花一起来到红鱼出没的江边，等到天黑也没有看到那条红鱼，只是听着江水的呜咽。我不知道阿花后来有没有再见到那条红鱼，也不知道那条红鱼是不是真的出现过，反正阿花就那样变聪明了，不再因为笨而挨骂，不再因为挨骂而流泪了，这是最重要的事情。

阿花后来考上了大学，我二十多年没有见到过她，不知道她现在怎么样，还记不记得那条她生命中的红鱼。我却一直记着，还记着她哭泣的样子。

大 鸟

从小到大，我经常会莫名其妙地走神，导致我学习成绩不好，容易忘记一些不应该忘记的正经事情。比如，晚上做作业时走神，我的作业永远做不完；比如父亲让我去打酱油，在回家的路上把酱油瓶放在一边，呆呆地站在池塘边看鱼儿吃草，想象着自己也变成了一条鱼，结果回到家时发现手中没有了酱油瓶……走神是件可怕的事情，我十五岁那年碰到一只神秘的大鸟，就与走神有关。

我很早就和父亲下田劳作，很早就一个人独自走十几里山路上山去打柴。十五岁那年一个阳光灿烂的秋日，我独自上山打柴。在打柴的过程中，我发现了一只大鸟。我从来没有见过这样的大鸟，叫不上大鸟的名字，好像是鹰，又不像。大鸟在阳光下飞翔的样子让我十分着迷，我看着它巨大的翅膀，心里充满了某种向往。它缓慢地在我眼前的低空里飞着，我理解为它在天空中散步。我停下了手中的活计，痴痴地望着它，跟着它走，不知道它要飞到哪里去，我已经忘记了自己。我出神地走着，跟着大鸟走着，希望自己胁下生出一双巨大的翅膀，希望自己也能够飞起来。可是，我走着走着就掉下了一个悬崖。好在那悬崖不高，我只是摔断了腿。

摔断腿后，我才知道我陷入了更大的困境。在疼痛中我感到绝望，我不知道怎么样才能回家，如果没有人来救我，到了晚上会不会被狼狗掏空内脏？我在恐惧中拼命地叫喊着："救命呀，救命呀——"此时，那只拥有美丽翅膀的大鸟已经无影无踪，我甚至怀疑那只大鸟是不是真实地存在过。我忘记了父亲的告诫，他曾经多次对我说，做事情一定要有定力，千万不能走神，否则十分危险。我又一次尝到了走神带来的苦果，后悔对我而言已经没有意义。正当我在恐惧中痛苦万分的时候，我听到了脚步声。

来的是一个老猎人，他听到了我绝望的呼救声。老猎人爬下山崖，看了看我的脚，他沙哑着声音说："你怎么搞的，会掉下山崖？噢，你的腿断了。"说着，他从自己的衣服上撕下了几绺布条，用两根树枝固定住我的腿，然后一声不吭地走了。我大声地冲着他的背影喊道："不要扔下我！"可他还是头也不回地走了。我绝望到了极点，心里不住地咒骂着他。过了两三个小时，天快黑了，我又听到了脚步声，而且不是一个人的脚步声。当他们走近时，我才知道，老猎人带了几个年轻人来了，还抬着担架。我心里的怨恨变成了无尽的感激。在回去的路上，老猎人问清楚了我是哪个村里的人，也问清楚了我父亲的名字。我问了他一个问题："你今天看到过一只大鸟吗？"老猎人没有回答我。

后来我再没有看见过那样的大鸟。从那以后，我把走神理解成一种诱惑，诱惑是多么危险。我总觉得我是个容易被诱惑的人，如果没有那些深刻的教训，现在的我恐怕一事无成。也许当时我根本就没有看到那只大鸟，那只是我走神时的幻觉。

梦 死

　　我在黑暗中大口地呼吸着，胸口像是压着一块沉重的石头。我看不清任何东西，我只是听到一种细微而且阴冷的声音在我耳边回荡："李西闽，你已经死了。"我怎么死了？我清醒地感觉到我还活着，我的思维还是那么灵敏，只是我不能动弹，整个身体像是被捆住了。是谁在和我开玩笑，说我死了？

　　阴冷的声音消失后，我的眼前有了一道光亮，那是惨白的光亮。我想从床上爬起来，可我的身体还是动弹不得。突然，我听到了呼天抢地的哭声，房间里一下子涌进来很多人。他们中有我的父母，有我的妻子和儿女，有我的弟弟，有我的朋友，还有一些模糊的面孔。亲人们都在痛哭着，有人在说："人都死了，哭也没有用了，节哀顺变吧。"谁死了？我大声地问。可是没有人回答我。过了一会儿，有两个穿着白麻布的蒙面人走到我的床前，抬起了我。其中一个人说："这尸体好沉呀！"这时，我才明白过来，是我死了。我大声地喊叫："我没有死，我没有死，你们要把我抬到哪里去？"没有人听得到我的话，我的亲人们还在痛哭着。那一刻，我的心变得冰凉。

　　我被抬到了屋外，那里放着一具黑漆棺材。我被那两个蒙面人放进了棺材，我听到有人说："可惜呀，年纪轻轻就死了！"这些人怎么如此荒诞，我没有死，我怎么会死呢！尽管我的身体无法动弹，但是我的思维依然清晰，人死了怎么可能还有思维呢？我还能够喊叫，可这些人怎么都像聋了一样，听不到我说话了呢？过了一会儿，我看到一个人走到棺材前，她低头看着我，脸仿佛离我很近，我却看到她的脸白茫茫一片。她轻轻地对我说："一路走好——"然后，她的一滴泪水掉到了我的脸上，我感觉到了泪水的温热。她是谁？我不知道。她说完这句话后，我眼前一黑，就陷入了万劫不复的黑暗之中。我听到了钉棺材板的声音，我的身体突然能动了，可我的挣扎和喊叫无济于事，谁也感觉不到我还活着，钉棺材的声音还在沉闷地响着，亲人们的哭声也还在继续。那一刻，我真正绝望了，我有种被活埋的感觉。

我难道真的死了?

我的挣扎和呼喊是我的魂魄在做最后的努力?

我在冰冷的黑暗中大哭起来，我不相信我还会哭，我相信我的哭声里充满了对生活的眷恋，这个世界上还有我深爱的人，还有我未写完的书稿……可这一切都在刹那间和我隔绝了，我的身体在往下沉，在一个深不可测的黑洞里缓缓下沉，离尘世越来越远，越来越远……

我醒过来，浑身被冷汗湿透了。我坐了起来，在黑暗中沉重地喘息。我没有死，我做了一个噩梦。我只是在梦中死了。我来到书房，点燃了一根烟，死亡的恐惧在我吐出的烟雾中消失，此时，我的心平静如水。我打开电脑，记录下这个关于死亡的梦。我想，假如我真的死了，我也会像现在这样平静。死亡并不可怕，它只是我在另外一条道路的开始。活着才是最大的恐惧，因为你要面对许多你不想面对的丑恶以及复杂的人心……

深夜中恐惧地奔走

20世纪70年代末，有一部日本电影叫《望乡》，在城里的电影院放映之后掀起了轩然大波，有关"性"的话题含蓄而公开地流传着。那时我才上初中，听了看过这部电影的老师的谈论后，心里怪痒痒的，不知道《望乡》里有什么精彩的镜头。有一个人比我更加心痒，他是我的邻居李火联。李火联比我大一岁，主意也比我多。在一个下午我们竟然决定去城里看《望乡》。长汀城离河田镇有几十公里，因为没有钱，我们只好走路去城里。另外我们各自偷了家里的两斤米，准备拿到城里的市场卖了买电影票。

我们是心怀着对《望乡》的幻想上路的。我不知道李火联心里想的是什么，反正我心里十分地不安。从下午三点多出发，沿着公路一直行走。我们知道，只要沿着公路一直走，就可以走到城里。公路在山间蜿蜒，我们感觉总是在爬坡。还没有走到干新坑，天就黑了。干新坑是一条长三公里左右的山谷，是去往长汀城的必经之地，以前是土匪出没的地方，十分地阴森，据说这里死过很多人。

我们到达干新坑时，有朦胧的月光。我心里十分害怕，李火联开始时显得胆子很大，他拉着我的手说："不会有事的，放心吧，我们明天上午一定可以看上《望乡》。"听了他的话，我鼓起了勇气。其实这个时候我们已经走得又累又饿了。干新坑两边的森林里黑乎乎的，风吹过时会发出可怕的声音，好像有许多魂魄在森林里沙沙地游走。那时的公路上，到了晚上很少有车通过。李火联边走边对我说："千万不要东张西望。如果你听到后面有人叫你的名字，千万不要回头。"我本来安定了些许的心听他这么一说又提了起来："你听到有人在身后叫你了吗？"李火联倒抽了一口凉气："没有。"我明显地感觉到他加快了脚步，我也跟着他加快了脚步。这时，山林里传来了一声夜鸟的叫声，鸟叫声让我们恐惧极了，李火联突然奔跑起来，我虽说快走不动了，也只好和他一起奔跑起来。跑出了干新坑，我们看到路边有个亭子，就想进去歇会儿，可是我们还没有走进去，李火联就大叫了一声，然后拉起我又一路狂奔。我不知道李火联看到了什么，可我感觉到身后似乎有人在追赶我们。李火联在没命地奔跑时还摔了一跤，膝盖擦破了皮……那个深夜，我们一路奔逃，到达县城时已经凌晨四点多了。我们随便找了个地方随地躺下睡着了，忘记了疲惫和寒冷。醒来时我们脸上糊满了血，那是蚊子从我们身上吸出的血，在沉睡中我们拍死了很多蚊子。

　　蓬头垢面身穿打着补丁的粗布衣裳的我们坐在电影院里，心里充满了喜悦。遗憾的是，电影开映不久，李火联就睡着了。看完电影，我们把剩下的两毛钱买了两个包子吃，然后就准备回乡。要不是碰到村里的拖拉机到城里拉化肥，我们不知道能不能走到家。李火联一直很难过，他老是说："我怎么就睡着了呢？"回家的路上，我给李火联讲着《望乡》里阿崎婆的故事，他痴迷地听着，一股劲儿地问我："阿崎婆漂亮吗？"我说："年轻时还可以，老了就不行了。那个女记者一直很漂亮。"李火联又问："你还看到什么了？"我看到李火联吞了下口水，我说："没有。"他叹了口气说："可能剪掉了。"多年之后，我才知道，《望乡》，只不过是我们少年时期的一个性幻想。

后来我问李火联在那个晚上看到了什么，他说他看到亭子里有一具白骨，我半信半疑。奇怪的是，李火联在那个晚上摔破的膝盖经常发痒，只要一抓就破，破了就会糜烂。这影响了李火联的前途，本来他可以和我一起去当兵的，接兵的干部看到他糜烂的膝盖就不要他了。我时常在感叹阿崎婆凄凉命运的同时，也感慨着李火联的命运，他一直在苦难中挣扎，犹如《望乡》中的阿崎婆。

心里长满了荒草

1983年，对我来说是荒凉的一年。我在这一年里硬着头皮参加高考，结果名落孙山。十六岁的我怀着破罐子破摔的颓废心态，和镇上的几个浪荡子混在一起。就在高考完的那天，我和那几个浪荡子在县城里每人做了一条喇叭裤，当我们在小镇上穿着喇叭裤招摇过市时，小镇上的人们都投来复杂的目光。我在那些目光中感觉到不安，其实我内心没着没落的，我该怎么走我的道路？

父亲在一个深夜对我语重心长地说："你打算怎么办呀？难道就这样浪荡下去？"

我无语，看着父亲老实巴交的脸，我一夜未眠，第三天，我就悄悄离开了小镇。谁也不知道我要到哪里去，甚至连我自己也不知道我要到哪里去，我那帮狐朋狗友更不知道我要到哪里去。我来到南平的姑姑家，因为表姐太漂亮，她离我是那么近又是那么远！我不好意思住在她家里了，我住了几天就离开了，我永远记着表姐美丽白皙的脸和她那双明亮的眼睛。我在福建的几个地方转来转去，像一只无头苍蝇。到处都是陌生的人，不知道哪个人的脸是真诚的！我一个人沿着铁路线走了一天一夜，迷惘的我那时真想回家，回到那个贫穷而温暖的家！当那个夏天过去后，我回到了家。我蓬头垢面，骨瘦如柴，奶奶看到我就大哭起来。父亲没有说什么，他叫来了剃头师傅，给我理了发，然后拿了套干净的衣服，给我换上。

父亲说，幸好我这段时间出去流浪了，否则……

我知道父亲话里的含义。在我离开小镇的这段时间里，小镇上发生了一件大事，原来和我一起玩耍的那几个浪荡子都被抓起来了，当时叫什么"严打"，1983年的那一次严打是最厉害的。如果我不离开，极有可能和他们混在一起，也就有可能被"严打"。其实说他们是"流氓团伙"是不确切的，他们只不过是几个玩得来的朋友。他们的确做了些对不起乡亲们的事情，比如打架、吃白食等等。有一个同学因为和一个女的谈恋爱，后来分手，女的就去告他强奸，他就被抓起来了；还有一个同学因为抢了一辆自行车就被判了死刑……那个同学枪毙的那天，很多人去看，我没有去看。我一个人坐在河边，回忆着和他在一起的时光。一直以来，我们都在贫穷的日子里尽可能地寻找些快乐，比如下河摸鱼，比如去偷人家果树上的果子……我怎么也想不通他为什么会去抢什么自行车，最终因为抢一辆自行车就被枪毙了。枪毙的就是他一个人，其他几个都进了监狱。他的父母亲都是老实巴交的穷人，后来我碰到他们，我都低着头，我不敢看他们的脸，他们麻木而无奈的脸会灼伤我的灵魂。

我那个同学被枪毙后，我又一次离开了小镇，和我堂叔到一个山里去建一个大队部。在那里，我疯狂地干活，工余经常去一个小酒馆里喝酒，一喝就喝醉，喝醉后我就从大队部建好的二层楼上一次一次地往下跳……后来，我就去当了兵，彻底地离开了小镇，离开了迷惘失落的生活。那一年，我的心里长满了荒草。

天 火

一座百年老宅在寒夜里被大火焚毁，这是谁也不想看到的事情。

那一年我十二岁。那座百年老宅与我家相隔一条巷子，里面住了六家人。据说原来是一个乡绅的宅子，新中国成立前夕，乡绅带着一家人去了台湾，留下的宅子就分给了穷苦人居住。这六家人里出了个人物，这个人物一度当过我们的村书记，后来移民到别的地方了。他在我们村里时，没有一个人说他的好话，听说他害过不少人。在相当长的一段时间里，人们认为那场大火和这个人物有关，可是我不相信。

准确地说，那场大火是在春节前两天的晚上烧起来的。在此之前，我童年的小伙伴李文席老和我说一件事情，他总是流着鼻涕和我说话，那时生活贫穷，即使在寒冬里我们也只能穿着单薄的衣服，李文席的鼻涕是受冻后流出来的。他告诉我他那段时间老是尿床，以前没有这样。我们那里有个说法，孩子频繁尿床要特别小心火烛，仿佛这是一种大火前的预兆。可我们都没有想到那场岁末的大火会从天而降。起火的那天早上，李文席眼睛通红地来到我家门口，我们躲在一个墙角瑟瑟发抖地说着话。因为尿床，他又挨他父亲的巴掌。李文席可怜兮兮地问我："阿闽，你家过年给你做了新衣服吗？"我点了点头说："做了，年三十那天才穿。"李文席的眼泪流了下来，他告诉我说他今年没有新衣服穿，原因是他母亲得病花了不少钱。我十分同情他，可是我也没有办法，我只能这样对他说："文席，你不要哭，我的新衣服可以借你穿一天。"他嘟哝了一声，我没有听清他说的什么。那时候，我们这些孩子盼望春节的到来，就像盼星星盼月亮一样，因为只有过年才有新衣服穿，只有过年才有好吃的，只有过年才有欢乐。

那场大火熊熊燃烧时，我还在睡梦之中。我是被大人们去救火时嘈杂的声音惊醒过来的。大火烧起来之后，村里所有的大人，无论男女都加入了救火的行列。在灾难面前，村民们是团结一致的，他们忘记了平时的矛盾纷争。可是，大家的努力白费了，大火还是烧毁了那座老宅，所有的雕栏画栋和昔日的荣耀变成断墙横亘。幸好没有人死亡，但是老宅里的六家人一夜之间变得一无所有。在这个时候，村里人拿出衣物给他们穿，腾出房间给他们住，还轮流管他们吃饭。李文席一家住在我们家里，我父亲把本来给我做的新衣服给了他，父亲对我说等有钱了再给我做，我什么也没有说。吃年夜饭的时候，大人们说起了大火，李文席的父亲说这场大火来得莫名其妙，怎么也找不出原因，他把责任推到了早就离开的那个人物身上，说他以前造过孽，本来天降大火是惩罚那个人物的，没有想到他们替那个人物遭了灾。李文席的父亲说话时，李文席没有说话，我也没有说话，我看着李文席，心想天火也许是他尿床引来的。我弄不清楚尿床和大火究竟有什么关系。

　　后来李文席跟我说，要不是那场大火，他就没有新衣服穿，也没有肉吃。那年过年每家都准备了年货，他家却什么也没有准备。我就问他："火是不是你放的？"他坚决地否认。他还说，火起时他正在尿床，他梦见大水冲掉了房子。李文席的母亲没有等到修好房子就去世了，李文席离家出走，至今不知道去向。

　　我一直不相信那场大火和那个人物有关，也不相信有谁会搞破坏，我相信那是穷人的宿命，屋漏偏逢连阴雨！多少年来，我心里一直提防着突如其来的灾难，提防着因为贫穷带给我们的不幸。我想，丰衣足食的日子里，这种忧患意识也必须时刻存在着，这样会让我们清醒地面对一切，因为谁也不能保证自己的命运不会在瞬间一落千丈。

她去了天堂

2014年1月19日早晨，阳光透过浓重的雾霾，照耀着我所居住的城市，也照耀着我，却再也照耀不到一个叫吴丽莎的年轻姑娘。她在这个早晨的8点，在离我很远的福建宁德，闭上双眼，离开了尘世。当王小山沉痛地告诉我这个消息时，我不相信这是真的。随后，我接到丽莎丈夫的电话，才接受了这个噩耗。当时，我正带着女儿李小坏去学写字，见我难过，她问我："爸爸，你怎么流眼泪了？"过了好大一会儿，我才悲痛地告诉她："爸爸的一个朋友死了。"

我一直想为她写篇文字，作为纪念，也留作备忘。一生中有太多人离开了，时间长了，就忘记了，就像忘记了一棵野草，或者一块石头。人心是柔软的，也是残忍的，有些人不应该被残忍地遗忘，比如吴丽莎。

认识吴丽莎，是件偶然的事情。那是2010年秋天，从汶川地震中死里逃生的我，决定去玉树地震灾区做点事情。到了玉树后，我住在则热活佛姐姐家的板房里，吴丽莎就住我隔壁。见她第一面时，没有觉得她有什么特别之处，普普通通的一个姑娘，中等个子，身材壮实，脸晒得很黑，因为黑，很容易让人忽略了她的五官。则热孤儿院院长李星陆将她介绍给我时，她笑了笑，露出一口洁白的牙齿。她已经在玉树待了两个多月了，我不知道她在这里干什么，只晓得她每天拿着个相机，到处去拍照，跑遍了玉树市区以及周边所有的灾民安置点和学校。后来才知道，她将照片提供给外界的一些慈善机构，希望能够得到他们的帮助。她得知我的来意后，就带我去找那些灾民。记忆深刻的是，那次在赛马场灾民安置点，面对一个叫根求卓玛的八十三岁的孤寡老人，她哽咽了。我看着她红红的眼睛，对她有了信任，我总认为，善良的人值得信任。我们了解到，许多灾民面对马上到来的寒冬，缺少粮食和过冬的物品，特别是那些孤寡老人。

记得在玉树的那些夜晚，寒风呼啸，半夜会传来狗的狂吠。有时大雨如注，板房漏雨，被褥被雨水浇湿，板房的地上也积起了水，我的鞋就像小船一样漂在上面。我浑身冻得发抖，她会在隔壁说："李老师，你没事吧？要不要我们换个房间，我这个房间好些，不漏雨，我年轻，能扛得住。"我内心十分感激她，但是没有和她换房，我不能让一个姑娘为我受罪。

因为汶川地震给我留下的骨伤还没有恢复，加上高原气候恶劣，我的身体无法支撑，必须离开。临走之前，我把带去的钱都留给了吴丽莎，让她先用这些钱给那些孤寡老人买些粮食。她说，你连我是什么人都没有搞清楚，就把钱给我，你不怕我把钱卷走了？我说，不怕。我的确不了解她，只因为她在这里待了那么久，只因为她面对老人发红的眼睛，我相信她。至于她的过去和出身，和我没有关系。我很少对人刨根问底，哪怕是认识很久的朋友，只要他不告诉我真实情况，我不会去刻意了解，我只在乎自己的感觉。

因为我，本打算也要离开的她留在了玉树。离开高原后，我联系了些朋友马上买了一批被子发到玉树，由丽莎在那里分发给需要的人们。因为了解到一些学校和许多人没有过冬的厚帐篷和炉子以及燃料，我又筹了一笔钱汇过去，让丽莎在当地和西宁采购,分发给他们。我个人的资金对灾区来说,只是杯水车薪,于是,我在微博发动了捐款,很多热心善良的网友纷纷把钱打过去,解决了许多人过冬的问题。丽莎坚守在玉树,把网友们的温暖带给了那里的人们,而她自己,却在高原的风中,默默地忍受痛苦。我一直认为,对于丽莎的死,我有不可推卸的责任,我竟然不知道她是个乳腺癌患者,更没有想到,她在高原上会得肺积水。如果不是我,她也许早离开了高原,回内地去了,身体不会垮掉,生命也不会因此消逝。她是个特别能吃苦的姑娘,我不知道她为什么可以忍受那么多艰难的日子,很多人去了,走马观花地转转就走了,她却一直坚守在那里……我不知如何表达对她的哀伤和歉疚。每每想到远方的玉树,总觉得那是一种亲近,是沦落天涯之人带来的温暖和爱。

　　此后,我们发动网友又捐助了一所民办学校。为了建这所学校,她费尽了心血,一次次去教育部门跑批文,一次次推倒重来。我不知道,对一个身有疾病的姑娘而言,这意味着什么。后来,我们又为两百多个孤寡老人养老发起了捐款,由她在那里负责实施。那是一项苦差事,最远的孤寡老人救助点离玉树市区有一百多公里,每个月,她都要送粮食到各个点，开始没有车，还得雇车，最后，她自己掏了两万多元买了个破旧的二手车，给老人们送粮食。这样的日子，她坚持了一年多。她总是在电话中说为我和网友们的资助而感动，我却为她的付出而感动，没有她，我们所谓的爱心根本就无法传递到需要帮助的人那里。每一件事情，她都认认真真地做，做到清清楚楚，做到问心无愧。要不是肺积水，她不会离开玉树，不会离开那片高原。她得病的事情一直没有告诉我，她离开后，所有的事情都交代给当地的朋友继续做下去，没有让捐助者失望。她特别感谢新浪微博的网友们慷慨解囊，为了高原上需要帮助的人们，总是说不能对不起大家。

其实，我和丽莎只有过两次交往。

一次是她带我去见我助养的孤儿金珠。那是我第二次去玉树，也是第二次和她在一起，那是2011年秋天，我们去帮助远在囊谦大山里的噶尔寺小学。她和男朋友在玉树等着我，接到我后，她就带我去看小金珠。小金珠生下来不到一个月，父母亲就被灾难夺去了生命，她和哥哥由爷爷奶奶抚养，住在赛马场的帐篷里。见到小金珠，丽莎开心极了，黑乎乎的脸上绽放出如花的笑容，露出洁白的牙齿。她抱起小金珠，说："你看谁来看你了。"小金珠朝她笑。她把小金珠放到我怀里，小金珠也朝我笑，我却心酸起来，想起幸福的李小坏，小金珠的遭际让我难过。丽莎看到了我眼中的泪水，一直安慰我，说小金珠的爷爷奶奶对她可好了，她一定会健康成长的，让我放心。

第二天，丽莎和我去了嘎尔寺。

我们早上从玉树出发，一路奔波，中午到了囊谦县城。丽莎说，嘎尔寺小学师生们的生活很艰苦，我们买点菜上去吧。于是，我们买了肉和菜，继续上路。到了傍晚，太阳西沉时，才走完坎坷的道路，到达嘎尔寺小学。虽然路不好走，但是嘎尔寺峡谷的风光却令人赏心悦目。

嘎尔寺小学的条件真的很差，前段时间，小学的教室被洪水冲垮，孩子们都在操场的帐篷里上课。我们到达时，学生们放学了，只剩下空空的帐篷。小学校长和几个老师在等着我们。我决定给老师们做顿饭吃，丽莎和两个女老师给我打下手，择菜、洗菜什么的。因为没有电，在烛光中，我炒好了四个菜，然后，边吃边和他们聊天。热情的老师们又是唱歌又是跳舞，欢迎我们的到来。我们实在太累了，这里海拔又高，很快，我就晕头晕脑了。一个女老师把她的房间腾出来给我们住，狭小的房间里有两张床，我出门在外，从来没有和别的姑娘同居一室，有些尴尬。丽莎看出了我的心思，说，李老师，睡吧，这里的条件就这样，没有办法，凑合着住一晚吧。我点了点头。她又说，你先睡吧，等你睡着了，我再睡。我打呼噜，怕影响你。我和衣而眠，很快就睡着了。半夜，我被呼噜声吵醒，怎么也睡不着了，就披着被子，走出房间。我独自坐在校门口坡地上的一块石头上，呼吸着清冷稀薄的空气，望着满天繁星和远处黑黝黝的群山，脑海里充满了幻想。我从来没有那么近地靠近星空，银河清晰可见，大而明亮的星星宝石般耀眼，仿佛伸手可触。天气出奇地冷列，寂静中，呼吸是证明自己活着的方式之一。我在外面坐了一个多小时，实在冻得受不了了，才回到房间。也许我的响动惊醒了丽莎，我上床后，她的呼噜声消失了，一直到天亮，我再没有被呼噜声吵醒。在回去的路上，丽莎告诉我，为了让我好好休息，后半夜她一直没有睡，怕她的呼噜声再次将我吵醒。当时没有觉得什么，现在想起来，特别内疚。

回到玉树后，我的骨伤又发作了，疼痛不已。

丽莎和她的男朋友开着那辆破旧的二手车，把我从玉树送到了西宁。那天天气不好，过了清水河草原就开始下暴雨，道路泥泞难行。看到路上发生的好几起车祸，我们都心惊胆战。他们一路轮换着开车，小心翼翼，到了晚上九点多，才进入西宁市区。他们帮我找了个小旅馆住下，又给我弄了点吃的，十一点多才离开。那次分别，竟然成了永诀。我们约好来年的七月，去嘎尔寺小学给师生们过师生节（他们把教师节和六一节一起过，称为"师生节"）的，可是，第二年我去的时候，丽莎却没有再出现在高原，为此，我对她还有意见，没想到，那时，她的病已经很重了，可是她一直没有和我说起过她身体的疾病。她是因为肺积水引起乳腺癌复发而离开人世的。我们都是民间的资助者，自己找项目，自己筹钱，自己落实。我们在玉树做的每个项目，都由她经手，账目清清楚楚。每次我看着那些井井有条的账目，心里都觉得对不住她，让她承受了那么多。她的辞世，我是罪魁祸首。

　　想了很多，写下的却是这短短的一篇文字，不足以纪念一个淳朴的志愿者。可是我想，一个朋友去世了，我们哀悼他或她，其实也是哀悼自己。能做朋友、能相互信任的，都是这个世界上为数不多的同类，走一个就少一个了，最后，当自己离去时，世界就彻底安静了，再不会有哀伤。所以，活着时，尽量对朋友好些，不要用各种理由伤害朋友，不要辜负朋友这两个字，亲人也一样，丽莎也是我的亲人。丽莎酷爱民俗摄影，她拍了许多精美的照片，我想有机会，会想办法筹钱给她出本摄影作品集，也许那是对她最好的纪念。

写完这篇文字时，我还在想，丽莎到底去了哪里？

只有一个答案，她去了天堂。

只有天堂才配安放她的灵魂。

风自由地穿过山谷

写下此文的题目，我的眼睛湿润了，我无法想象那风自由地穿过的山谷如今是什么模样，有种不可名状的痛苦和忧伤挥之不去。

2008年5月12日的中午，我站在银厂沟鑫海山庄C栋四楼的阳台上，望着阳光下美丽的山谷，心情异常爽朗。我发现山谷里有很多蝴蝶在飞舞，像是在召开一场盛大的舞会。在此之前，我从来没有见过这么多的蝴蝶，这种景象让我迷醉，我迫不及待地回到房间，拿出照相机，一口气拍下了好些照片。清新而凉爽的风拂面而来，我觉得这里是真正的人间仙境。

回到房间，我坐在手提电脑前，没有马上继续写我的小说，而是把我的QQ签名改成了"风自由地穿过山谷"。自从我5月8日住进鑫海山庄，就一直持续着这种美好的心情。我总是会到不同的地方去写作，这次也不例外，我来这里的目的就是为了写一部名叫《迷雾战舰》的长篇小说。鑫海山庄刚刚建成不久，准备在5月17日开业，我是这里的第一个客人。山庄的赵老板和他儿子以及其他的工作人员对我表现出极大的热情和友好，我想在这里写作的这段时间，鑫海山庄是我的家。我从十七岁离开闽西老家，就四海为家了。

我从来没有想到过会在这个风景如画的地方遇险。

其实，灾难在悄悄临近。

5月12日下午14时28分，这是个黑暗的邪恶的被诅咒的时刻。

那时我正在电脑上兴奋地敲下一行文字："大海平静得可怕，许多灵魂在海的深处安睡……"

突然，桌椅开始晃动，墙壁也剧烈地摇动，天花板上的水泥块哗啦哗啦往下掉，吊灯也砸了下来。我伸手合上电脑，惊惶地站起来，大声说："这是怎么啦？这是这么啦？"我一眼看到对面的立柜，几乎没有任何思考的余地，我向柜子的方向奔出两步，就被一股强大的力量推了出去，摔倒在地上。紧接着我就感觉到楼轰隆隆地塌了，东西全部压下来。我的身体侧躺着被压在了废墟里。一块木板立起来，竖在我的胸前，还有一块木板倒在我胸前竖起的木板上面，这样就构成了一个直角三角形，而我的头就被夹在这个直角三角形的锐角上，动弹不得。我的左侧太阳穴旁边被一块铁质的东西顶住，朝上的锋面插进了我左脸的皮肉里，左侧的腰部也感觉有一片锋利的东西插了进去，肋间也横着一个坚硬的东西，后来才知道那是一根钢筋，勒进了皮肉里。我陷入一个黑暗的世界，脑子里乱成一片。我想我是在做梦吧，可是我是那么地疼，左边的眼睛被温热的血糊住了，不停地有血流进眼睛，又流出去。

我被这突如其来的变故惊呆了。身体的疼痛和不停流出的血仿佛不存在。

过了好长一段时间，我的大脑才开始思考一些问题。

到底发生了什么？楼房为什么会坍塌？

在持续不断的山崩地裂的响声中，我所处的地方还在不停地抖动，背上积压的东西越来越多，身体也越来越受到限制。我想，是不是这个新建在山谷旁边的度假山庄因为山体承受不了楼房的重量而发生了滑坡？那时我根本就没有想到这是一场惨绝人寰的大地震。

轰隆隆的声音还在一波一波地继续，水泥板子上不断地有物体砸落的声音。随着不断的颠簸和摇动，下面的我被越压越紧。房子是建造在高高的山坡上的，边上就是一个悬崖，我担心坍塌的楼会在不停的震动中掉下悬崖，成为美丽山谷之间的填充物。

我努力让自己冷静下来。

我还活着，我该怎么办？此时，我不知道山庄里的工作人员是否也被埋在废墟里了，他们是否还活着？我为他们担心起来。他们是多么好的人！我想起他们热情质朴的脸，心里隐隐作痛。

又一阵剧烈的抖动，我突然看到了一缕光亮。是的，就在我眼前。那是余震中裂开的一条缝，从缝中透进的光亮仿佛让我看到了希望。我想，有光进来，就会有空气进来，我不至于很快被憋死；而且，通过这条缝，或许我能够听到外面的人声，我的声音也可以传出去；更重要的是光明给我带来的一线希望。

我看到眼前有一个三角形的小空间，这个小空间使我的脸没有被杂物堵起来。

　　我的大半个身体都被砖块渣土埋着。外面有很好的阳光啊，可是，我却被掩埋在黑暗中。我的右手还能动，左手却被压住了。我的大腿下有一个硬块顶在那里，我的右手慢慢摸索下去，摸到的居然是我的笔记本电脑，它在此刻竟然成了与我相依为命的伙伴，它与我是这样地不离不弃，它是这么不愿与我分离，在笔记本里，有我所有的书稿。我心动了，使劲地把它从大腿下拿了出来，艰难地放在我眼前的那个小空间里，那个小空间刚好可以放下我的笔记本电脑。我突然有了个想法，能不能打开电脑，通过QQ和朋友们联系，告诉他们我还活着，如果有人知道我活着，一定会来救我的。那个空间太小了，笔记本电脑的盖只能开到三分之一，但是我的眼睛可以斜斜地看到电脑屏幕，我的右手十分困难地开了机，可无线网卡怎么也连接不上，我无奈地合上了电脑。在等待救援的过程中我还想打开电脑听听音乐，很快地，我的右手因为压下来的东西越来越多，根本就进入不了我眼前的狭小空间了。

　　外面地动山摇的声音稍微平息了些，我突然听到远处有呼喊的声音，我知道那不是在喊我，心里却充满了喜悦。我想，只要外面还有人，他们听到我的声音，发现我还活

着，就一定会来救我的！于是，我大声地喊叫起来："救
我——"

"救我——"

"救我——"

"……"

我喊得声嘶力竭。他们终于听到了我的喊叫声，走了过
来。我听到外面有一男一女在和我说话。我知道，他们是山
庄的工作人员。

女的问我："李老师，你受伤没有？"

我说："我没有受什么伤。快救我——"

男的说："李老师，你一定要坚持住，我们会救你的，
你要保存体力，我们一定会来救你的——"

……

当时我觉得我很快就会得救的，因为我一直以为这是
一次山体滑坡，却不知道外面已经成了人间地狱。我一直耐
心地等待着，相信他们一定会来救我，尽管我的伤口在流
血，尽管我的身体被乱七八糟的东西越压越紧，任凭我怎
么努力也动弹不得，右手的活动空间越来越小，后来甚至
摸不到自己的脸。

那缕光线渐渐地被黑暗吞噬了。

我的灵魂和肉体一起陷入了黑暗，万劫不复的黑暗。黑暗中还不时传来山崩地裂的声响，我可以感觉到山上许多巨大的石头滚落河谷。如果我所处的残楼掉进谷底，我将粉身碎骨！黑暗连同我的希望一起掩埋，我心底发出了绝望的哀号："李西闽，你将埋葬在这个美丽的山谷，永世不得超生！"

那说过要来救我的人此时在哪里，我不得而知。我听不到任何人的声音，只有山谷里河水的咆哮声和滚石的巨响提醒着我还活着。我时不时地大声呼救，希望有人能够听见，可是没有人回应我。我的手机已经不知压在哪里了，我的相机也遭了难，里面有那么多美丽的照片，我还答应朋友传给他们看呢，要知道这是一个多么美丽的地方，树木葱郁，空气清新，还有那没有一点污染的水……地震前，就连我洗澡的水都是矿泉水……我的嗓子很干，冒着火，我不知道我还能够喊多久，我害怕自己的嗓子因为干渴而哑掉，再也喊不出声音。

我隔一段时间就大声呼救，还是没有人。我迷迷糊糊的，我觉得我已经上了网，并且打开了天涯论坛的链接，我看到论坛上有一个帖子，标题是：谁来救救李西闽。我骂了一句，老子还好好地活着呢，干吗要来救老子。突然又是一阵震动，我清醒过来，原来我做了一个梦，和九峰山一样美丽的梦，梦里我还在上海，梦里的我还好好地在上网聊天，现实情况是——我在废墟下埋着，不知道还要埋多久。那是我埋在废墟中唯一的一次短暂的沉睡，而且还做了那样一个梦，后来才知道，成千上万的朋友在网上为了营救我而呼号。

我在黑暗中感觉到自己的呼吸越来越沉重，压在我肋骨间的钢筋似乎是压在我的心脏上，我的心脏随时都有可能爆炸。我突然觉得自己特别窝囊，怎么就被埋在这里一动不动了呢？我甘心就这样渴死、饿死？这不是我要的死法，这样死太没有意思了呀！我怎么能够就这样死去呢？我的父母还需要我赡养，我的妻子还那么年轻，我的女儿才一周岁，我的兄弟姐妹们……我还有那么多事情没有做完，我的新书才写了三万字……我不能这样死去！

我的情绪变化很快，我突然愤怒起来，使劲地挣扎，企图脱身，可我越是挣扎，压得就越紧，我的力量根本就无法和那些压住我身体的东西抗衡。我在黑暗中大声怒吼："老天爷，你他妈的没有长眼！你要把我收回去了，我会和你没完的，我要和你闹个天翻地覆！"

老天爷听不到我的吼声，也许他听见了，对我不屑一顾。我愤怒的吼叫变得一文不值，却消耗着我的体力。吼叫完后，我变得奄奄一息。我只好长叹一口气，静静地在焦渴中等待天亮。

5月13日，当一缕光线从缝隙中透进来时，我的心活动了一下。

光明的确是一帖良药，我的希望油然而生。我听到了外面山林里传来的鸟鸣声，我可以想象风自由地穿过山谷的情景。山谷里的流水声和鸟鸣声此时和我没有任何关系，这个宁静的早晨我被埋在废墟里艰难地呼吸。我不知道我的妻儿此时是否还在安睡，我的亲人和朋友们是否还在安睡。

我再次希望被营救。

我又一次隐隐约约听到了有人说话的声音，于是，我把堵在喉头的一口黏稠的浓痰使劲地吐出，忍着身上伤口的剧痛，大声叫道："救我——"

上面的人听到了我的叫唤，我听到有人走过来，对我说："李老师，你坚持住呀，救援的人很快就上来了——"

我知道，这个和我说话的人就是昨天说要救我的那个人。

　　他说完就走了。

　　不一会儿，我就听不到人的声音了。可他还是给了我一线生机，我想，只要我坚持住，他们一定会来救我的。我不能放弃，我一定要忍耐，只要还有一口气，内心就要充满希望！后来我才知道，救援的人没有能够上山，那人后来也下山去了，再也没有上来。

　　我听到了雨点打在废墟上的声音。我听到雨声的时候，我口渴得要命，那些雨水却没有流进来滋润一下我干涸的嘴唇。我被压得连尿都喝不到。我想喝自己的血，可是我的手够不到。

　　我的确渴得难以忍受。

　　雨水在外面飘飘洒洒，却和我一点关系都没有，我的心情异常复杂。等待的时间越长，我心中艰难树立起来的希望就越来越濒临破灭。昨天，我早上吃了两个小馒头，喝了一瓶花生牛奶。因为写作十分顺利，我午饭也没有吃，本来想写到下午四点多就收工，到山庄里的饭店去吃饭，还想得挺好，让那个厨艺颇佳的厨师给我烧条鱼吃，可所有的计划都成了我的幻想。我上山时特地买了一箱花生牛奶，那一箱花生牛奶我才喝掉三盒。那些花生牛奶会不会落在我的身旁？
我用还可以活动的右手在周边摸索着，都是破碎和毁坏的东
西。忽然我在泥石堆里摸到了一个纸盒，是装花生牛奶的纸
盒！我一阵狂喜，兴奋得手都在颤抖。我使劲地从泥石堆里
抠出那个纸盒，手指头都抠烂了。随即我的心凉了，我费尽
心机抠出来的竟然是一个空纸盒，我突然觉得特别地绝望，
盒子里一滴牛奶都没有，我怎么喝得这么干净，如果当初剩
下一点该有多好。

　　事实上，即使有一盒花生牛奶，我也喝不着，因为我的
右手已经伸不到嘴边了。我想过喝自己的尿维持体能，却丝
毫没有办法！我想喝自己的血，可是我的手够不到。我只能
转移注意力，并且继续呼救。我每隔几小时的呼救变得徒劳
无功，因为根本就没有人能够听到我的喊叫。难道我真的要
死在这里？

　　巨大的恐惧和绝望在又一个夜晚到来之际降临。

　　我已经忍耐到了极限，肉体和灵魂都到达了一个极限。

　　我的体能正在慢慢地消耗殆尽；我的伤口还在流血……
我的内心在挣扎，这个夜晚无比漫长。仿佛我正走在通往地
狱的道路上。在这个夜晚开始后，我一直回忆着此生经历过

的人和事，很多事情和很多的人放电影般在我的脑海一幕幕
地闪过。回忆是我的过往和时间诀别的唯一方式，而且是无
声的，没有人知晓的，也是隐秘而残酷的！

　　回忆到了最后，我的肉体变得轻飘飘的了。那时已经没
有了恐惧，反而觉得有种幸福感，就像风自由地穿过山谷。
是不是有个看不见的人在引导我走向极乐世界，不，那不是
一个人，那是神还是鬼？我喃喃地说了一大通话："老婆，
永别了；小坏，永别了，你不要怪爸爸，下辈子，我还要做
你的爸爸，陪你长大；爸爸妈妈，永别了；朋友们，永别
了……"我不怕死，我早就说过，死亡是另外一条道路的起
点，这不，我已经走上这条道路了。

　　突然，有个声音在耳畔轰响："李西闽，你就这样服输
了吗？就这样死去，值得吗！"

　　我意识到了死亡的诱惑，对，那种幸福感正是死神的诱
惑！现在，有两种选择，一种是轻飘飘地沉睡过去，一种是
回到现实中，痛苦地清醒着等待拯救。

　　像有一缕光，照亮了我的灵魂。

　　我不能死，让死神滚开！

　　我挣扎着大声吼道："狗日的李西闽，你不能死啊！你

怎么能死呢？你狗日的要活下去！你从来都不是孬种，你一定要挺住！你经历了那么多事情都没有死，你怎么能够在这个时候死去！你曾经是个军人，你军人的血性到哪里去了！你不能放弃，不能！"

尽管如此，我还是昏昏欲睡。

我知道，只要我睡过去了，或许就永远不会醒来了。即使有人来营救，听不到我的呼救声，救我的人也会以为我死了。我不能睡过去，一定要保持清醒。

其实，我压在下面的左半身已经麻木了，那些流血的伤口也已经没有疼痛的感觉了。怎么办？只有疼痛才能让我的大脑保持清醒。我想到了还有知觉而且还能够动的右手。于是，我将右手的手背放在一块木板突出的铁钉上使劲地刮下去……只要我快昏睡了，我就用力刮一下……我的手背伤痕累累，鲜血横流……

我的战友易延端到来之前，我已经被埋了两天两夜，身上的疼痛已渐渐感觉不到了，麻木感让我觉得这个躯体都不是我的了，我只剩下了灵魂。我如果有灵魂，除了回家看看我的妻子和孩子，还要看很多朋友，比如去贝榕公司溜达一圈。当然这不能说是"溜达"了，而是飘过、飘过。我会去吓吓她们，看看她们有没有在为我的书设计封面，是不是正在编辑我的稿子。我还要在路金波的面前晃晃手，打个招呼："嗨，老朋友，我回来了，虽然以这种形式……"我还会上网，一个已经死亡的人在和朋友们聊天……

那是5月14日的下午。

我突然听到了一个熟悉的声音在叫我："西闽，西闽——"

我听出来了，那是我的老战友易延端。我知道，他一定会来的，他不会放弃我的，哪怕有一丝救我的机会。其实，我这次来四川，就是奔着他来的，是他介绍我住在了这个山庄。他是从最早说要救我的那个山庄的工作人员那里知道我被埋还活着的消息的。那时，我还不知道外面有成千上万的人在为救我而努力。他和一个姓席的志愿者冒着生命危险从山外走了七个小时的山路来到了这里。易延端的到来，让我的精神大振，尽管身体动不了，但我还是大声地和他说着话，他却让我不要说话，怕我耗尽体力，因为他们看到的情况十分危险。事后我才知道，埋我的那栋房子其实已全部塌了，我住的四楼悬在河流上空，随时都可能掉到百米深的河谷里去，而不断发生的余震又震得废墟嘎嘎作响，废墟也在不断摇晃，当时没有几个人敢站到那片废墟上去，更不要说营救我了。易延端没有告诉我这个情况，只是想尽办法救我。其实在他们到达以前，一对父子已将救援部队领到山庄，但是由于没有专业的大型救援工具，从安全角度考虑，部队决定先营救好救的，待向首长汇报后再对我实施营救。

部队走后，易延端和小席又一次冒着生命危险，钻进垮塌的几块水泥板下，用一把小铁锤和自己的双手营救我。他们想先给我弄点水喝，为营救我争取时间，但令人痛心疾首的是，直到晚上十点多也未能如愿。那时我已经渴得快虚脱了。

这个晚上，他们注定没有办法把我救出去了。

我必须再坚持一个漫漫长夜。

直到5月15日中午11点左右，他们才带着一支空军部队来到了山庄，经过几个小时的努力，我被救出了废墟。尽管我被困的地方很危险，可是战士们却异常勇敢，为了救我不顾自己的生死，没有一个人退缩。我曾经在空军部队待了二十多年，现在救我的也是空军部队，这也许是我的宿命。在废墟中度过了七十多个小时的我，看到了阳光，看到了易延端和那些官兵的脸，也看到了吊在悬崖边上的废墟……我说的第一句话就是："我要喝水！"部队的一个排长背着我下去，他对我说："你是英雄！"我说："你们才是英雄！"对这些救我的战士们，我心中有无限的感激。

当战士们艰辛地把我抬到一个高地，准备用部队的直升机把我送往成都救治时，我看到美丽的银厂沟已经面目全非，往昔的美景已经不复存在。那座风儿自由地穿过的山谷满目疮痍，令人心痛；更加令我心痛的是川西大地上那么多死难的人们……在医院里，弟弟和病友会拿些报纸给我看，我看到有至死保护着婴儿的母亲，身体弯曲成一个奇怪的姿势，手机里还留有遗言："孩子，如果你还活着，请你记得，妈妈爱你。"还有以身体保护学生逃离的千秋老师，听说他平时是一个非常严厉的老师，学生都对他又恨又怕，可是现在他用生命写下了大大的一个"师"字……我是幸运的，我回来了，可是还有那么多人却永远地留在了黑暗之中。我想我应该为灾区做些什么，人活着总有些高地要坚守！活着不能光想着自己！

5.12汶川大地震，是地球的一个伤口，是中国四川人民的一个伤口，也是我心中的一个伤口。我不知道需要多长时

间，才能让这个巨大的伤口愈合。我渴望大地上从此不再有
灾难，渴望那些死难者重新绽放生命的花朵，渴望有风自由
地穿过美丽的山谷……

后　记

　　今年春节，我带着妻子和女儿回老家过年。春节期间，是家乡最寒冷的时节，我总担心有什么事情会发生。记忆中，河田镇的春节总是阴雨绵绵，天空是暗灰色的，没有一丝暖意。出乎意料的是，回乡后的第二天，天就放晴了，阳光灿烂，一扫我心中的阴霾。看天气预报，这个春节，天晴的日子居多，心情就好了许多。

　　我十七岁离开故乡，童年和少年时期在河田镇度过，那是困苦的饥馑年月，留下了难以磨灭的记忆。我一直认为，苦难是有毒的，那种毒一直埋藏在血液之中，有时让我疼痛难忍，有时又如一剂良药，让我在人生的旅途，以毒攻毒，治愈心灵之伤，所以说，苦难是把双刃剑。如果重活一次，我宁愿躲开它的锋芒，可是，命运好像又无法选择。正如这个貌似阳光灿烂的春节，还是发生了我意想不到的事情。

大年三十那天上午，我在老街上，碰到了堂叔老鼠子和他儿子水明，他们正在家门口贴对联，脸上洋溢着喜气。前几天，他们家刚刚办完满月酒，水明有了孙子，这是大喜事。老鼠子和水明都是老实人，勤勤恳恳，是我十分尊重的人。他们要我到家里喝茶，我说有时间再到他们家坐坐，因为有事，就告辞了。第二天，也就是大年初一上午，我到河堤上去走了走，发现有人在河边烧被褥和衣服，那是两个年轻人。离开河田镇多年，很多年轻人都不认识了，哪怕是自己的族人。按我们那里的风俗，人死后，要将他用过的被褥和穿过的衣服都烧掉。我知道有人去世了，却不晓得是谁。

从河堤上回到镇子里，才听说是水明的老婆离开了人世。水明比我年长，我叫他堂哥，死者是我堂嫂，才五十多岁。我吃了一惊，怎么这么突然，说走就走了？经过打问，我才知道了她的死因。昨天晚上，过了午夜，堂嫂的一个亲戚开车带她去几十公里外的归龙山烧香，传说山上寺庙里供奉的菩萨灵验，很多人连夜去烧香。结果，清早回来的路上，车子翻了，堂嫂当场就殁了。那灵验的菩萨没有庇佑她平安，也没有给她带来福气，在喜庆的节日，她魂归西天，让人唏嘘。一个亲人，就这样辞世，我的心里很痛。我不知道怎么去安慰水明堂哥和他的父亲，听到传来的丧鼓声，我沉浸在悲伤之中。

几天后的一个清晨，我听到了凄婉的唢呐声，还有哭声和鞭炮声。我走出家门，看到了送葬的队伍。小弟也在其中，很多族人也在里面，他们神情悲戚，为我堂嫂送行。我十分害怕看到这种情景，我躲进了家里，坐在沙发上发呆。

就在我将要结束这次故乡之行，回上海的前两天，小弟告诉我，我小学时的同学疤鼻子死了。我问小弟，他为什么年纪轻轻就走了？小弟说，因为癌症。我沉默了，心脏又像被子弹击中。疤鼻子是我同学的小名，老家的人都有奇奇怪怪的小名，我也有，故乡的人都知道我叫老四，很少有人叫我的大名。让我难过的是，我竟然忘记了疤鼻子的大名，只依稀想起一些遥远的往事。疤鼻子的父亲李天长是个烟鬼，我童年时，每次碰到他，都看到他手中拿着一个烟斗，烟斗中的火似乎从来没有熄灭过，一直冒着烟。他对儿子的娇惯是出了名的，疤鼻子六岁时就学抽烟，他也不管。小学一年级时，曾经有段时间，我和疤鼻子很要好，他会在放学后，将我带到一条少人行走的小巷，偷偷地教我抽烟。有一天，我回到家中，从不抽烟的父亲闻到了我口里散发出的烟味，狠狠地教训了我一顿。后来，我就不和疤鼻子一起玩耍了。我现在还记得疤鼻子友好的笑容，还有他两个鼻孔里常常流出的鼻涕。鼻涕被吸进去，又流出来，反反复复，他就是不将鼻涕擤掉。总而言之，疤鼻子不是恶人。他心地善良，除了从小用烟糟蹋自己的身体，没有什么让人诟病的地方。他一生贫苦，在这个春节死去，或许也是上天的安排，被癌症折磨的日子，活着并不比死去快乐。

不过，我还是十分悲恸，毕竟一个生命消逝了，而且是我曾经那么熟悉的人。

这个春节，尽管阳光灿烂，我还是快乐不起来。从我离开河田镇那天起，我就担心亲人们，包括我熟识的人，会一个一个离去。事实也正是如此，很多人都离开了人世，我奶奶、王毛婆婆、哑巴堂叔、长工堂叔、国霖同学……每次听到噩耗，我都悲伤不已。那一座座隆起于山野的坟茔，仿佛在诉说着什么，又永归沉寂。

故乡的人们，野草一般地生，野草一般地死。在许多深夜，我被他们唤醒，他们的音容笑貌出现在我眼前，让我不得安宁。很久以来，我尝试用文字记录下他们的点滴，以抵抗残酷的遗忘。人是健忘的动物，我不想忘记他们，哪怕他们死后灰飞烟灭，最起码他们的肉身还存在过，他们的声音曾经在这个世界响起过，故乡的每条道路，都曾留下过他们的足迹。我将他们真实地记录下来，无关褒贬，只是想用这种方式，表达我对他们的感情，也让后人，知道他们的先辈，过的是什么样的人生。

如今，我将这些描摹故乡人物的文字结集出版，书名就叫《肉身》。关于对故乡人物的书写，我不会因为此书的出版而终止，还会继续写下去。故乡的每个人物，对我来说，都是我的亲人，值得我去探索，我不会倦怠。

河田镇，生我养我的地方，一直是我文学创作的源泉，我感激我的故乡，尽管我对它爱恨交加。所有的爱和恨都指向一种淳朴的感情，而我对故乡人物所有的书写，都和人物的命运有关。

　　谢谢所有的故乡人，也谢谢山西人民出版社以及此书的责任编辑雯霞，得以让此书面世。也谢谢蒋蓝兄为此书作序，谢谢他的理解和支持，他的序也是一篇饱含深情的文字。

　　　　　　　　　　2018年4月18日于上海家中